俺だけレベルが上がる世界で悪徳領主になっていたII

わるいおとこ

イラスト／raken

contents

Oredake LEVEL ga
agaru sekaide
Akutokuryousyu ni
natteita.

illust. raken

MAP
N
W
E
S
ナルヤ王国
エイントリアン領
ルナン王都
ルナン王国
ロゼルン王国
ロゼルン王都
山脈
ブリジト王都
ブリジト王国
海

第1章　果たすべき約束

王都を離れて数日。

ようやくエイントリアンの城郭《じょうかく》が見えてきた。

戦場から我が家への帰還は感無量《かんむりょう》だ。

エイントリアンが我が家となってまだ間もないが、それでも今はここが俺の家だから。

「あれがエイントリアン城だ」

目の前に見える城郭を指し示すとジントは前方をじっと見つめた。

そして、静かにうなずく。

基本的に無口なやつだから仕方ないが、おかげで沈黙の旅路《たびじ》となった。

ユセンとギブンには家族を連れてエイントリアンへ来るよう指示したので別行動となった。

エイントリアンの城門に着くと、ようやくジントとふたりだけの退屈な旅が終わった。

「閣下《かっか》！」

「ご主人様！」

エイントリアン領地軍総指揮官のハディンと侍従長《じじゅうちょう》が兵士たちを率《ひき》いて出迎えてくれたのだ。

「領主様！」

兵士たちも口々に叫びながら一斉《いっせい》に跪《ひざまず》く。

俺がこの世界に来た時とは比べ物にならないほどに統制が取れた動きだ。ハディンによる訓練は順調らしい。

「すでに領内は閣下の武勇伝《ぶゆうでん》でもちきりです。誇らしい限りです、閣下！」

膝をついた状態で誇らしげな顔をして叫ぶハディン。

「武勇伝だと？　俺はただ帰るとしか伝えていないはずだが？」

「何をおっしゃいますか。閣下のご活躍によってナルヤの軍隊を退けたという武勇伝は、既に王国全土に広まっています。我々エイントリアンの民が知らぬわけがありません！」

王都で時間を過ごしている間にそれほどにも武勇伝が広まったのか？

[エイントリアン領地]
[民心《みんしん》：85]

確認してみると70だった民心が85まで上昇していた。税金を免除しても70で止まっていたというのに。国を守ったという名声の効果は大きかったようだ。

「そうか……」

俺は頬《ほお》を掻《か》いた。

悪いことではない。むしろ、この名声を望んでいた。

ルナン王国が滅亡した後のエイントリアンの独立に大いに役立つであろう。

「まあいい。ひとまず城に行く」

「はい、閣下！」

ハディンの言うように街は賑《にぎ》わっていた。

領民たちがみんな外に出てきて歓呼していたからだ。

悪徳領主として名高かったのが嘘のように、すっかりエルヒン・エイントリアンに対する評価が変わっていた。

85という民心を実感させられる。

その熱い民心を肌で感じながら領主城に到着した。

もちろん、領主城でゆっくりするつもりはない。

疲れていてもやるべきことがある。

領主になったばかりの頃に比べれば、いろんな経験をしてだいぶ体力がついてきた。

だから、休むのも領地の様子を見るのも後だ。

「ふたりとも執務室《しつむしつ》までついてくるように。ジント、お前もだ」

まずは侍従長とハディンにジントのことを紹介してから、すぐに国境を越えてミリネを迎えに行くつもりだった。

ルナン王都からエイントリアン領に帰ってくる途中で立ち寄ることも考えたが、やはり最低限の備えはしておきたかったので方針を変えた。

約束は必ず守る。それが俺の信条だ。

だから、帰ったら真っ先にやるべきことはこれだった。

「心配するな、ジント。指示だけ出したらすぐに出発する」

目的地はナルヤ王国。セントリート領地の国境沿いの町。

正直、エイントリアン領からかなり近かった。国境に接している町だ。

「本当か？」

その言葉にようやくジントの表情が緩《ゆる》む。ずっと強張《こわば》っていた表情が緩んだのは初めてのことだった。

「嘘をついてどうする」

実際、ジントの気持ちを考えれば、すでに飛び出していてもおかしくないはず。

だがひとりで行かせるのは不安なため言葉を尽《つ》くして止めた。

約束は一緒に迎えに行くというもの。

だから、ジントは我慢していたのだ。

俺の言葉に従わなければ、エイントリアンがふたりの身を守ってくれるという保障はなくなる。

エイントリアンという後ろ盾がなければ、ジントは所詮《しょせん》脱営《だつえい》した敵軍人でしかない。

もちろん、幸せにしてやるという俺の約束を信じているからこそ我慢しているということも確かだったが。

「ふたりはこの男のことが気になるだろう」

執務室でハディンと侍従長に視線を向けた。

その問いにハディンがすぐにうなずく。

「はい、閣下！　この者は一体何者なのでしょうか？」

図星を突かれたというような表情でハディンが訊《き》いた。

「エイントリアンの新しい家臣《かしん》だ。彼は以前攻め込んできたナルヤ十武将のランドールより強い」

「あのランドールよりもですか？」

ハディンが驚いてジントを見つめる。

「それどころか、あの高名なエルヒート閣下とも好勝負をくりひろげたほどだ」

「なんと……！　エルヒート閣下ともですか？」

ルナンの国民なら誰もが知る、あの有名なルナン王国第一武将の名前をあげると、ハディンは開いた口が塞《ふさ》がらなかった。ランドールの時よりも驚いたようだ。

「ジント、挨拶《あいさつ》するんだ。こちらはエイントリアン領地軍の総指揮官ハディン男爵《だんしゃく》だ」

その言葉にジントはハディンに向かってそっと頭を下げた。

「そして、こいつの女を連れ出すために今からナルヤの国境の町に行ってくる」

「そんな、急に国境の町だなんて！」

「戦場で約束したことがある。それに、約束は必ず守るためにあるものだ」

少なくともハディンと侍従長はジントの事情を知っておくべきだ。

ハディンは軍の総指揮官。

だから部下の事情は当然把握しなければならない。

そして侍従長にはこれからジントとミリネの面倒を見てもらう。彼女の事情もあるため、連れてきたら当分の間は領主城で寝泊まりさせるつもりだから。

長い話をできるだけ短く説明すると、ハディンは感激した顔でジントの背中をさすった。

「そんな事情があったのか。すばらしい男ではないか！」

まあ、ハディンはこんな性格である。

悪徳領主のせいで一年も監禁《かんきん》されていたのに恨《うら》むどころか忠誠心に変化のなかった男だ。

「それでは、私が一緒に行ってまいります。閣下が直接行かれるのはさすがに……」

しかし、いつも先走りすぎてしまうのが問題。

「直接行かないと俺の気が済まない。何かあったらなんてそんな考えは不要だ。それとも俺の力が信用ならないか？」

「いえ、そんなことは！」

「では、そういうことだ。侍従長は農民の服を二着準備してくれ。目立たぬよう質素な服で頼むぞ」

「かしこまりました。ご主人様！」

国境を越えて人ひとりを攫《さら》いに行くのだから目立ってはいけない。

軍服など着て行けるはずもなく、貴族の服などもってのほか。

できる限りこっそり連れ出すのがベストだ。

軍隊を率いて攻め込むわけにはいかないだろ？

セントリート領地ほどなら占領するのもさほど難しくないが、自分の領地を奪われたナルヤの王が黙っているはずはない。

大征伐《だいせいばつ》の準備だなんだと言って報復を図《はか》ろうとするだろう。

そうなればまた戦争だ。

それこそ厄介なことになる。一時的に勝つことはできたとしても、エイントリアン独立のための力を蓄《たくわ》えることはできない。

今は戦争ではなくその準備をすべき時だ。

できるだけ大事《おおごと》にはしたくない。

もっとも、人ひとりを連れ出すのに軍隊が動くほどのことでもない。

「ところで、関所の修繕工事《しゅうぜんこうじ》は進んでいるか？」

ふと思い出し、命じていた関所の復旧について確認する。

エイントリアンにナルヤ国軍総大将バルデスカ・フランが囮部隊《おとりぶたい》を送りこんできた時、以前の地震で崩壊した関所は使うことすらできなかった。

今後のためにもこの関所はしっかり修繕しておくことが重要となる。

そこで、金も十分にあるため、戦場に出る前に修繕を指示していた。

大規模工事だからまだ終わってはいないだろうが。

「はい、閣下。大至急進めているところです。冬が来るまでには完成するかと」

「そうか。大工事だから十分な資金を投入するように」

「もちろんです、閣下！」

とにかく、領地の政務にとりかかるのは国境の町から帰った後だ。

＊

時刻はまだ昼下がり。

通り道にある関所の工事をしばらく視察してから山道に入った。関所を通過すると平坦な道になる。その道をしばらく進めば、ナルヤ側の関所が見えてくる。

今回の戦争が起こる前は商人たちも行き来していたが、今は固く閉ざされている。

関所を正面から越えたければ戦争をするしかない。

だから、俺とジントは道の途中で脇にそれて、山を越えるルートでナルヤ王国に潜入した。

ふたりでならば――馬を引いているとはいえ――山を越えるのもそれほど難しくない。

多少はナルヤ兵の巡回もあるだろうが、険《けわ》しい山の全体を見張ることはできない。

問題は麓《ふもと》に降りてからだ。

山の麓の至る所に監視塔がある。そこには哨兵《しょうへい》がいて国境の巡察隊《じゅんさつたい》と連携していた。

もちろん予想はしていたことだ。

「急いで町まで行くぞ！」

素早く馬に乗り、ジントに先導させる。

ナルヤ王国の国境の町にいるひとりの女をいち早く連れ出すミッションなのだ。

いかに目立ってはいけないとはいえ、人ひとりを攫うにはスピードが要求される。

とはいえこちらは変装をしているし、国境を抜けたことだって悟られてはいない。多少なら無茶も効くだろう……と思っていたのだが。

「ちっ！」

戦時中ということで、特に国境付近の警備隊は余計にピリピリとしていたらしい。

山を降り切り街道へ出るところで、遠くの哨兵の目にとまったようだ。

俺たちが何者かろくに確かめもせぬまま早々に監視塔から狼煙《のろし》が立《た》ち上《のぼ》る。

こうなると、もっと早く動く必要があった。

「気づかれたぞ、急げ！」

なんとか哨兵たちの視野から外れるように移動する。

「町はまだ先か？」

「もうすぐ目印が見えてくるはずだ」

しばらく走ると、ジントが畑と丘を見つけ指さした。畑とはいってもかなり小さく荒地だったが。

「畑仕事の後によくミリネとあの丘で休んだもんさ」

「そうなのか」

開墾《かいこん》に苦労した痕跡《こんせき》が一目ではっきりわかった。

「あそこでミリネが作ってくれた草粥《くさがゆ》を食べたりもしたよ。あれは本当にうまかった」

ジントは思い出に浸《ひた》るように丘をしばらく眺めた。

そして、遠くに見えだした町を指さす。

「あそこ、あの町だ！」

丘の向こうに見える小さな町に向かってジントはさらに馬を急き立てた。

すべてを失った人の最後の拠《よ》り所《どころ》のようなところだった。

国境の町は他国からの侵略を受けた際に真っ先に戦火に巻き込まれる危険性が高い。だからそこに住んでいるのは、もうどこにも行き場のない者たちなのだろう。ミリネと共に逃げてきたジントのように。

追手が来ていないことを確認して、ジントは町外れにある崩れかけた家の前で止まった。

「ミリネ！」

そこがふたりの家だったのだろう。ジントは馬を下り家の中へ駆け込んでいく。

「ミリネ!!」

そう呼ぶ声はもう一度繰り返された。

悪い予感がした。

ジントの声に喜びの色はなかった。

あったのは焦りと恐怖。

案の定、家から出てきたジントの顔は青ざめていた。

ジントは外へ出てきてからも恐怖に取りつかれたかのように叫び続ける。

「ミリネ……！　ミリネ！」

そういえば町全体がとても静かだった。慌てていたから気づかなかったが、ここに来てからまだひとりも住人を見ていない。

もしや……と嫌な想像が頭を掠める。

「ミリネーっ！」

自分の家だけでなく辺りを探し始めるジント。

その大きな声に、

「誰だね、騒いでいるのは」

隣の家からひとりの老人が出てきた。

人がいたことに少しほっとする。

俺は手綱《たづな》が外された馬のように駆け回るジントを一旦放置して老人に近づいた。

「失礼ですが、隣の家に暮らすミリネという女性をご存じで？」

「もちろん、知ってるとも。さてはあれ、ジントだな？」

「そうです」

「そうか、生きて帰ったか。徴兵《ちょうへい》されたから死んだも同然だとみんなそう言っていたが」

老人が不思議そうな顔で呟《つぶや》いた。

「それより……。ミリネはどこですか？　町の人たちの姿も見えませんが」

「働きに行っているのさ。もうこの町には何も残っとらんからな……。ミリネは隣町の畑仕事を手伝って縫い物もやってくるとかいっとったぞ」

「なるほど」

よかった。一瞬、心臓がドキドキしたが安心した。

町が物寂《ものさび》しく見えるのは徴用のせいだったようだ。

残っているのが老人と女性だけともなればそういうこともあるか。

「ジント！」

俺は取り乱すジントに飛びついた。そして、いきなり顔を殴る。

バスッ！

特典を使っていない状態だから俺の武力の方がはるかに低い。

いつもなら十分に避けられるはずのジントだが、それだけ正気を失っているということだ。

「しっかりしろ！　ミリネは隣町に働きに出ているだけのようだ！」

俺の言葉にジントが目を瞬《またた》かせた。

「それは本当か……？」

「とりあえず落ち着け。隣町がどこなのかは知ってるか？」

「もちろん知ってるさ」

「それなら早く馬に乗れ！　時間がないぞ！」

＊

「ミリネ、大丈夫なの？」

ミリネの手は傷だらけだった。ただでさえ、畑仕事のせいで手のあちこちの傷が癒える日はなかった。しかし、それでも裁縫だけは自信があったミリネは巧《たく》みに針を動かし続ける。

「はい、大丈夫です」

「いくら何でもこんなにたくさんできる？　とりあえず受け取ってはきたけど……」

一緒に出稼ぎにきた中年女性のマルフィが心配そうに言った。

その手には大量の古布を持っている。全てミリネが受けた仕事だ。

「少しでも稼いでおかないと。ジントが戦場から帰ったら……。たくさん苦労した彼にお腹いっぱい食べさせてあげたいんです」

「まあ、この子ったら……」

マルフィはミリネが気の毒だった。ジントが帰ってくる可能性はほとんどないと思っていたからだ。力のない者たちは徴兵されてもただの消耗品。自分の兄もそんなふうに若い頃に徴兵されて死んでしまった。

だから健気《けなげ》に待ち続けるミリネが不憫《ふびん》で、何度もジントは死んだようなものだと言い聞かせてきた。けれどジントのためだけに生きているようなミリネは頑《がん》として聞き入れなかった。

「ジントに人生を捧げるのはよしなさい。もう生きていないかもしれないのよ……」

しかし、そんな言葉に返ってくる答えはいつも同じだった。ミリネは目の下にくまができるほど疲れていてもジントの話になると目を強く輝かせた。

「ジントは強いんです。絶対に生きて帰ってきます。絶対に」

まるで呪文のように絶対と言い切る。

その時、外から声が聞こえてきた。

「ここにミリネはいるか？」

初めて聞く男の声にマルフィとミリネは互いに見つめ合った。

一緒にいた町の人たちも怪訝《けげん》な顔をする。

「どなたですか？」

マルフィがドアを開けた。

そこにいたのはエルヒン。

そして、落ち着かない様子で家の外に立っていたのはまさに今話をしていた、ジントだった。

「え……？」

その瞬間、ジントとミリネの目が合った。

どちらからともなく互いに駆け寄って抱き合うふたり。

「ジント、怪我《けが》は……！　怪我はない？」

ミリネはジントの体の隅々《すみずみ》まで確認しながら訊いた。ジントはうなずきながら答える。

「俺は何ともないよ」

ミリネはようやく安心し、ジントの胸に顔をうずめた。

「私はきっと生きて帰ってくるって信じてた。でも、町のおばさんたちはもう生きてないかもしれないって何度もそう言うから……。よかった、本当によかった……！」

ミリネの目からは涙がこぼれ落ちた。

「ジントが死んだら私も後を追うつもりだったから」

その悲壮《ひそう》な覚悟にジントも同じ答えを口にした。

「それは俺も同じだ。本当に……生きててくれてよかった」

ジントとミリネが熱い抱擁《ほうよう》を交わす。

だが残念ながら俺は、その再会を邪魔する空気の読めない男になるしかなかった。

「感動の再会をしたところ悪いが……。ジント、もう行こう」

感激に浸るのはエイントリアンに帰ってからでも遅くはない。監視塔から狼煙が上がっていたから敵兵が近くを探しているだろうし、戦闘は避けられないだろう。

「ミリネ、事情があるんだ。急いでここを出よう」

ジントは俺の言葉の意味を理解したのかミリネを抱き上げると馬に乗せた。

「きゃっ！　ジント！」

生まれて初めて馬に乗ったミリネは急に眉をつり上げた。

「馬に乗って行くの？　ってこれ……！　ジント！　また盗んだでしょ！」

「ごめん。いや、違うんだ。盗んでなんかない。彼の馬だよ」

ミリネには逆らえない様子で、ジントが俺を指さした。

「そういえば、どなた？」

その問いに俺はジントを見つめた。彼がどう答えるか少し気になったからだ。

「恩人」

「恩人って？」

ジントは少し予想外のことを言い出した。

「どういうことかはわかりませんが、とりあえずごめんなさい。ジントは口数が少ないのでうまく説明ができないんです……」

「それはよく知っている。だが、今はそれどころではない。話の続きは後にしよう」

すぐに馬を走らせた。すると、ジントも後に続く。

「待って、ジント！」

「ごめん。あとで全部説明する！」

「方向が違うわ！　私たちの家に帰るんでしょ？」

混乱するのも無理はない。ミリネの叫びを無視して俺たちは来た道を駆け戻った。

そして、そこには予想通り国境の巡察隊が待ち受けていた。彼らはかなり探し回ったというように酷《ひど》く腹を立てている様子だった。

「閉鎖された国境を越えて来るとは。貴様らルナンの斥候《せっこう》か⁉」

［セントリートの国境巡察隊］

［100人］

［士気：76］

［訓練度：85］

巡察隊はナルヤの兵に相応《ふさわ》しく、なかなかの強兵《つわもの》だった。

さらに、こんな巡察隊が国境のあちこちにいる。

国境警備のシステムはルナンでもナルヤでもそうは変わらない。問題は規模と訓練度だ。

以前に得た情報によると、エイントリアンとナルヤの国境には100人の巡察隊が10隊以上配置されているという。それらが随時監視塔の哨兵たちと連携しリアルタイムで指示が送られる。

そのため、兵力が殺到し続けるのだ。

今は100人でも、もたついていればすぐに1000人規模になるかもしれないということ。

俺はそんな巡察隊から逃《のが》れるためにスキルを発動した。

この間の戦争の時、エルヒート・デマシンによりルオン城から叩き出された敵の残存兵力を全滅させたのは俺とジントのゲリラ戦闘だった。

そこで少しポイントを稼いで再《ふたた》びレベルアップした俺の現在の武力は64。

　そして、スキルがひとつ増えていた。

「ジント、ここは俺に任せて後ろに下がってろ！」

「そんなわけにいくかよ！　俺も手伝う」

「いいからミリネを守れ。あの程度なら俺ひとりで十分だ。彼女に何かあったらここまで来た意味がなくなるぞ！」

「くっ……。わかった」

　ジントもそれは否定できなかったのか、ミリネを抱き上げて馬からおろした。

　本当は馬で突破したいところだったが、馬上にいる方が狙われやすい。ジントほどの武力があれば弓などの遠隔攻撃も剣で捌けるから徒歩の方が安全だと考えたのだろう。

「ジント？　ちょ、ちょっと！」

　混乱するミリネを連れてジントが離れたことを確認した俺は、100人の敵兵に向かって、

［地響《じひび》きを使用しますか？］

　新たなスキルを発動した。

　大勢の敵を相手する戦闘において必要なのは広範囲を攻撃できるスキルだ。

既存スキルは基本一対一の状況で強力なスキルだったから、今度は範囲攻撃スキルを得たのだ。

［地響き］を使用すると、身体が自動的に動いて剣を地面に突き刺した。

すると、剣の先から始まった地割れが兵士たちの足元まで伸びていく！

そして裂けた地面から赤い光が放たれると、

——ゴゴゴゴゴゴゴッ！


100人いた兵力の半分以上を飲み込んでしまった。敵兵たちの足もとの地面が陥没し、巨大な穴が出現したのだ。

さらに、今の状況は1対100。

敵兵が弱くともシステム上は「戦場」だとみなされ経験値を獲得できる。

「うぁあああっ！」

何が起こったのかわからず悲鳴を上げる兵士たち。

ステータスをみると残ったのは30人程度だった。

それならばもうスキルを使う必要すらない。

［特典を使用しますか？］

大通連《だいとうれん》を振り回して残りの兵力を始末した。

あっという間の出来事にミリネは目を瞬かせるだけ。

ジントは俺のスキルがうらやましいというような顔をしていた。

「ジント、すぐに山を登って国境を越えるぞ。後を追ってくる別の部隊を振り切る！」

後ろから新手《あらて》の巡察隊が追ってきたため俺は道を急いだ。

幸いにも、振り切ることに成功した。

集まり出した巡察隊は遅れて俺たちの後を追いかけ始める。

「ルナンからの侵入者だ、捕まえろ！　おい、止まれ！」

山の麓でそう叫びながら追いかけてくるが、それで立ち止まる逃亡者がいるかよ。

最初の巡察隊を全滅させて距離を確保できたから、逃げることに問題はなかった。

唯一の懸念点《けねんてん》だったミリネも、途中からはジントが抱えて走っていた。

山を越えればナルヤの巡察隊を心配する必要はなくなる。

例え敵国の間者だとしても、逃せばそれまで。ひとりふたりならともかく巡察隊が国境を越えればそれは宣戦布告も同然となる。一介の国境の巡察隊にそんな権限はなかった。

やがて俺たちの前にはエイントリアンの平原が広がった。

それはまさにミリネを連れ出すことに成功したという証《あかし》でもあった。

＊

数日後、エルヒンは侍従長を通じてミリネとジントが住む家を用意した。

領主城付近にある素敵な二階建ての家だった。

ミリネはこの状況が信じられないとばかりに、何度も何度もジントに確認した。

「本当に私たちがここで暮らしていいの？　本当に？　夢じゃない？」

こんな家は夢にも見たことなかった。これまで暮らしていた家はいつ崩れてもおかしくないような廃屋《はいおく》ばかりだったから。家の中に入ったミリネはあちこち見て回りながら感嘆《かんたん》の声を漏らした。

「ジント、見て！　ベッドがある！　ふかふか！」

ベッドに寝転んでみると、今度はキッチンを見てまた驚く。

「ねえ！　このキッチン……。私こんなの初めて見る！　これでたくさん美味しいもの作ってあげれるわね！」

ジントが近づくとミリネは彼の胸に額《ひたい》を寄せた。

「ジント……。私、すごく嬉しい。これが現実なら本当に幸せな瞬間よ。本当にこれ全部信じていいのかな？」

「ああ。彼は嘘を言うような人じゃない。他の貴族とはまるっきり違うんだ」

「待って、ジント。彼って……。まさか、領主様のこと？」

「そうだけど？」

「ばかーっ！　ばかばかばかばか！　領主様を彼だなんて何言ってるのよ！」

「でも……。ずっとそう呼んできたし……」

ミリネが呆《あき》れたというようにジントの両頬をつまんだ。

「家臣なんでしょ？　だったら、ちゃんと礼儀正しくしないと！」

「……わ、わーったよ……」

頬をつままれてまともに発音できないままジントはうなずいた。

「とにかく、ジントが領主様と一緒に国を救ったってこと？」

「そういうことだ。救ったのはナルヤではなかったけど……」

「ばかね！　ナルヤなんてどうでもいい。そんなのはどうでもいいわ。これからは、私たちを受け入れてくれたここが私たちの国よ！」

「そうか……」

「当然でしょ。私たちのような……逃亡者を受け入れてくれるなんて。それに、ジントの才能をわかってくれて……。本当にいい人じゃない！　ジント、どうやって恩返しすればいいかな？　一体、私は何個縫い物をすれば……。いや、何万個かな？」

ミリネは両手で数えても到底数えきれないというように目をぐるぐる回し始めた。

「でも、頑張るね！　あっ、そうだ！　私、縫い物をしてこのくらい貯《た》めたの」

ミリネは大事にしまっておいた一枚の銀貨を懐から慎重に取り出した。

「これで美味しいもの買ってあげる……。だから……。私たち……。ずっと一緒にいれるのよね？」

一枚の銀貨をぎゅっと握りしめたままミリネは泣き出した。

再会した時から我慢していた涙が溢れだしたのだった。

ジントは牢獄《ろうごく》に監禁されていた自分の姿を思い浮かべた。

彼がいなければミリネの目に喜びの涙を浮かべてやることはできなかった。

だから、これはとても重い恩義だった。

自分の剣が折れて首が地面に転がっても返しきれない恩。

そんなことを思いながら、ジントは両手の拳をぎゅっと握った。

＊

ミリネとジントの話には後日談がある。

家を探してあげて数日後、ミリネは突然侍従長を訪ねてきた。

「何でもします。裁縫には自信があって掃除も得意です。働かせてください！」

それを侍従長から聞いた俺は彼女とジントを呼び出した。

［ミリネ］
［年齢：２１歳］
［武力：５］
［知力：５９］
［指揮：１０］

彼女の能力値はこうだ。

この能力値には興味深い点があった。

まともに勉強したこともないのに知力が５９。

武力、知力、指揮、どれも才能と努力が合わさって数値に現れる。

さらに、システムの数値には才能限界値というものがある。

つまり才能で初期値が設定され、さらに努力によって才能限界値まで能力値を上げることができるのだ。

　もちろん努力で数値を上げるには時間がかかるし、レベルアップシステムを使える俺を除いて、才能限界値以上に成長することはできない。

　更に、この才能限界値にはＡ級突破というものがあった。

　Ａ級突破の能力を持つ人材は数値が１００を超えてＳ級になれるという意味。

　マナの才能もこれと深く関係していた。

　システムにはこの才能限界値を見れる「スキル」もあった。ただ、潜在能力のある人材まで見分けられるこの「スキル」を使うには３０００ポイントが必要となる。今のレベルでは無理な話。

　それにしても、ミリネは知力を高めようと努力したことがないはずだ。そうできる環境にはなかっただろうから。

　だから、初期値が５９という数値なのなら、努力が合わされば変貌《へんぼう》を遂げるかもしれない。

　そんな好奇心が生まれた。

「ここで働きたいとか？」

「はい、領主様！」

　ミリネは俺の前に来るなり平伏した。そして、ジントの腕を引っ張る。

あなたも早く膝をついて！　その行動にはこうした意味が込められていた。

「もうよすんだ。いちいち平伏する必要はない。それにジントは家臣だ。その夫人となる君も閣下と呼ぶように」

「閣下ですか？　そ、それは……」

恐れ多くもそんなふうには呼べないという顔で目を回して混乱に陥《おちい》ったミリネ。

俺はすぐに本題に入った。

「それより、働きたいんだろ？」

「はい。この恩をどうお返しすればいいかわからなくて……。本当に何でもします！」

「どんなに辛《つら》い仕事でもできるか？」

「はい！」

その確言に俺は肩を聳《そび》やかせて答えた。

「それなら勉強をしてみないか？　まずは……文字から覚えた方がいいな」

俺の言葉にミリネは10秒ほど目を瞬かせるとジントを見つめた。

「ジントじゃない。あいつはそんなものとはかけ離れたやつだ」

その言葉にミリネが自分自身を指さした。

「私ですか？　そ、そんな！　とんでもございません！　文字は貴族の方が学ぶものではありませんか！」

「何度も言うが君たちは家臣であり準貴族だ。本当に領地のために働きたいなら文字を勉強することから始めろ。そうでなければ働かせるつもりはない」

俺がそう宣言するとミリネは口を開けたまま戸惑《とまど》いの表情を見せた。

「ですが！　私にできるでしょうか……？」

「それは俺にもわからない。だが、努力すれば結果はついてくるだろう。ひとまず、その結果を待つことにしよう」

そう。本当に見当のつかない部分だった。期待したように知力が上昇するか、もしくは変化がないか。

その上、知力にはいろんな種類がある。

領地を管理運営するための知力。戦争で戦うための知力。

彼女に宿るものがどんなものなのかは、蓋《ふた》を開けてみないとわからない。

何だか宝くじの抽選結果を待っているような、そんな気分だった。

＊

現在、俺のレベルは１９。

この間の戦争でナルヤ王国軍を全滅させたおかげでレベル１８。

そして、ミリネを連れ出す過程で国境巡察隊との戦闘によりレベル19になったのだ。

武力は64。

残っているスキルポイントは300。

ナルヤの大征伐が起きるまでのこの一年間、レベルアップも疎《おろそ》かにはできない。

人材探しももちろん継続していく。

結局のところ、いろんな戦闘に関与し続けなければならないということだ。

もちろん、本格的に始めるのは領地の整備をした後の話になるだろう。

「ハディン、全軍を集合させろ！」

まずは新しい家臣を紹介するために全軍を集めた。

その中には遅れて合流したユセンとギブンの姿もあった。彼らのことはハディンに紹介してあるが、ジントも含め軍全体へ顔を見せるのは今回が初めてだ。

そしてせっかくなので、今度は賞金をかけて武闘会を開催したのだ。

俺には人材の能力値が見える。だが、他の人には見えない。

俺以外はジントとユセンたちがどんな人物なのかを知らないのだ。

だから、これは新しく召し抱えた家臣の武力を見せつけるためだけの大会だった。

結果が問題なのではない。

重要なのはその過程。つまり俺の連れてきた者たちがどれだけ有能かを理解させ、彼らを役職に就けるにあたって不満が出ないようにするためのもの。

俺の軍には今のところ、ジントを倒せる存在はいないから。

あのユセンでさえ一度剣を構えただけで敗北していた。

当然、優勝はジント。

準優勝はユセンだった。

番外試合で百人隊長全員とジントを一度に戦わせた。

ジントの強さを身をもって実感させるためであって、こちらもジントの圧勝！

このイベントを終えてから家臣の役職を新たに発表した。

重用《ちょうよう》する家臣の中でも唯一貴族であるハディンは引き続き軍の総指揮官。

指揮能力値が９０のユセンを領地軍の副指揮官に任命した。

さらに、千人隊長を新設してギブンとベンテを任命した。１０００人以上の兵力を任せるにはこのふたりが適していた。ギブンの指揮は７６。ベンテの指揮は８２だから。

こうしてみると人材不足は深刻だ。

ジントの場合は指揮が低すぎる。

そこで、まだ部下のいない特殊部隊の隊長に任命した。千人隊長と同じ等級だ。

役職の見直しを終えて今度は兵力に目を向けた。

現在のエイントリアン領地軍は１万４０００人だがこれは完全なる常備軍ではなかっ

た。中国やヨーロッパの歴史を見ると、一般に職業軍人といえる常備軍の数値は人口比１％ほどだ。

　この１％は一般の歩兵ではなく騎兵《きへい》や弓騎兵《ゆみきへい》などの専門的な常備軍である。

　ただ、実際の戦争においては、例えば中国であれば人口比１０％までを徴兵をし戦力とすることが多かった。軍の内訳は１％が常備軍《じょうびぐん》かつ職業軍人で、残りの９％は普段は農耕に従事し、必要に応じて徴兵する予備兵力だった。

　普段は農耕に従事させるという条件をつけることで人口比１０％という高い数値での徴兵が可能となったのだ。

　エイントリアンの１万４０００人の兵力にもこのふたつが混ざっていた。

　現在、ルナン王国の人口は約１０００万人。

　そして、エイントリアン領地の人口は２２万人だ。

　これから戦乱の時代を迎えることは明らかだから、常備軍を１万人まで増やして農耕に従事させる兵力は2万人を準備するつもりだった。

　第一目標はこれを合わせた3万人の兵力だ。

　問題は国境地域であるがために他の領地より人口が少ないということ。

　ただ、最近は大きな変化を見せていた。

　元々の人口は１８万人ほどだったが、税金免除の政策に加えて俺が有名になったおかげか、戦争が起きていたルナン王国北部の難民が移住してきて人口が4万人も増えたのだ。

税金免除の期間が終わっても税金を適度に減らして土地を開墾してあげれば人口は増え続けるのではないだろうか？　国境に危険はつきものだが、戦乱の時代となれば事実上どこへ行ってもそのような問題が生じて人々は安全な場所を選ぶようになる。

安全であるという確信を与えれば人口は増えるものだ。

移民問題はもちろん出てくるだろうが、ひとまずは彼らに空《あ》いている土地を貸し与えて予備兵力にするつもりだ。

そうして人口が30万になってくれれば3万人の兵力を運用することができる。

これがまず第一目標。

[徴兵を行いますか？]

ひとまず2万人の兵力を運用できるため、第一目標に向けてシステムを動かした。

[誰に徴兵を任せますか？]

システムの中でも少し面白いのが、武力と指揮が高いほど訓練度の上昇に効果があり、徴兵を行う武将の所属内の人望が高いほど領主に向かう民心は下がりにくい。
以前ユラシアがエイントリアン領に来ていた時は彼女の手を借りて徴兵をした。彼女の場合は人望ではなく魅力の数値が適用されていたが、それはおそらく正式な俺の部下ではなかったからだろう。

［ハディン 所属内の人望：９０］
［ジント 所属内の人望：５０］
［ベンテ 所属内の人望：７０］
［ユセン 所属内の人望：５０］
［ギブン 所属内の人望：５０］
［ミリネ 所属内の人望：５０］

新たに加わった家臣の人望が５０なのは初期値だからだ。
領地に来て間もないから当然のこと。
むしろ表に顔を出していないミリネでも人望が５０に設定されていることが驚きだ。
ユセンは親和力と人柄の良さですぐに所属内の人望が高まるだろうという期待があっ

た。

だが期待はしていても、今の状態で徴兵に適しているのはハディンくらいだ。

[ハディンに徴兵を任せますか？]
[6000人の徴兵が可能です]
[民心下落予想度 5↓]

ハディンを選ぶとこんなメッセージが現れた。

しばらく悩んだが、今回は俺が直接やることにした。

エイントリアンが経験した直近の戦争。

そして、ルナン王国に攻め込んできたナルヤの7万の大軍。

それによって十分に危機感を持っている時期。

俺はその感情に呼びかけてみることにした。

「ナルヤは兵力を増やし続けている。間もなく戦乱の時代がやってくる。諸君の家族を守るべき時代がやってくるのだ。もちろん、そんな時代がきても俺は最善を尽くしてエイントリアンを守る。だが、ひとりでは守れない。諸君の手で家族とエイントリアンを守ってもらわなければならない。今回の徴兵はエイントリアンを守ってもらうためのものだ。だから、諸君を戦争に送る立場にあるわけだがひとつ約束しよう。俺はその戦いで先頭に立つ。諸君の前にはいつも俺がいる！」

俺の所属内の人望は結構いい方である。

時代が時代だ。

だから、広場で領民にこんな宣言をして徴兵を行った結果。

［民心が2上昇しました］

驚くことに、下がるどころか民心が2も上がってしまった。

おかげで順調に6000人増えて兵力は2万となった。

この2万の兵力を再編成して訓練を新たに始めた。

ギブン、ベンテ、ユセンに訓練を任せてジントにはそれを手伝わせた。

家臣の数が少ない。

だから、全員が働かなければならなかった。

この中から常備軍を選んで俸給を支払うつもりだった。職業軍人1万人の養成だ。

こうして選んだ1万人のうち精鋭といえる2000人を選び出して精鋭部隊を作る。

このゲームに騎士団はいないが、この2000人は騎士団のような精鋭部隊に作り上げて名前をつけようと思っている。

幸い軍資金は豊富なため時間との戦いになる。

エイントリアンの祖先に感謝すべきであった。

このくらいやれば、あと必要なのは兵たちの訓練度が高まるのを待つこと。

では、それをただ待つというのか？　もちろん違う。

本当に重要なのはむしろ対外的な部分だから。

実際、一年後のことを考えるとこの対外的な部分が何とも重要だった。

ゲームの中の歴史通り、ナルヤ王国軍は今はとても静かな状況だ。

その歴史は塗り替えられたが大征伐はそう簡単に始まるものではない。

ナルヤ王国が誇る部隊は十武将が各自で統率《とうそつ》する精鋭部隊だ。

それぞれ十武将の別名をとって派手な名前がついている部隊で、ゲームではかなり厄介な存在だった。だが今度はゲームではない現実でその厄介な存在の相手をしなければならない。

いくら兵力を増やしても、一介の領地の兵力と王国クラスの兵力ではレベルが違う。

その差を埋めるために必要なのは戦略と戦術。

つまり、頭を使わなければならない。

純粋に兵力だけで戦えば勝算はゼロ。

もちろん、頭を使うのだって、規模が小さくても手足となってくれる兵力が必要だ。

それを今養成しているのである。

それと並行して、これから対外的な準備を進めるつもりだ。

まるで三国志の《天下三分の計》のようにエイントリアンの勢力を拡大する戦略のために。


間もなく戦争の知らせが飛び込んでくるだろう。

ナルヤ王国とルナン王国が関わる戦争ではない。

大陸の南部の国の間で起きた戦争だ。

本来なら、この戦争が起きた時すでにルナン王国は滅亡していた。

ナルヤ王国は大征伐を準備しているため関与していなかった。

しかし、歴史は変わった。

戦争が起きた国とルナン王国の関係上、面白いことが起こりそうだった。

もしそうなれば、俺が関与する部分が出てくる。

天下三分の計ほどのものではないが、エイントリアン独立の礎《いしずえ》を築ける機会が訪れるはずであった。

第2章 新たな戦場

ロゼルンの国王、ユダンテ・ザ・ロゼルンは、目の前で発せられたブリジトからの使《し》臣《しん》の言葉に怒りと恐怖を抱いていた。

「陛下《へいか》、降伏勧告《こうふくかんこく》に応じられますか？」

「……っ、降伏などするものか！」

ユダンテはやっと十四歳になったばかり。

父である前王が急死したために王として祀《まつ》り上《あ》げられただけの、凡庸《ぼんよう》な少年だった。

そんな彼に隣国ブリジトから突如《とつじょ》突《つ》き付けられたのは、「ブリジトに降伏し国を明け渡せ」という、事実上の宣戦布告だった。

幼い王が必死の思いで叫ぶと使臣はにやりと笑って答えた。

「ほう、そうですか。では失礼ですが、国を守り抜くことができると？　自ら死を招くようなことはなさらず、降伏して安らかな余生を送られた方がよろしいのでは？」

傲慢《ごうまん》な口調だったが反発できる貴族はいなかった。ただブリジト王国がもたらした恐怖に動揺《どうよう》するだけ。

「そ、そんなわけにはいかない。ロゼルンの領土と国民を守るのは王である私の義務だ……。降伏はしない。下がれ。その首が斬り落とされる前にな！」

明らかに震えていたが、この場で国のためを思うのは幼い王だけだった。

「そういうことでしたら、ロゼルンの国民は全員奴隷《どれい》となるでしょう。それでも後悔しないと？」

「……降伏すれば奴隷にならずに済むのか？」

王のその言葉に使臣は薄笑いを浮かべた。

「勧告書をご覧になられていないのですか？『王とその一族の命は保障する』と」

つまり、他の者は一切保障しないという意味でもあった。

「それなら、なおさら降伏はできない！　今すぐ出ていけ！」

王がさらに声を荒げると使臣はやれやれと首を横に振った。

「陛下は最悪の選択をされました。国民は死ぬくらいならむしろ奴隷のほうがましだと思うかもしれませんよ。フフッ」

そういって使臣は謁見《えっけん》の間《ま》を出ていった。

使臣はひとりほくそ笑む。元よりロゼルンが降伏するなどとは考えていない。

降伏すれば命だけは助かる王族の連中。自分の身しか考えていない貴族たち。そして直接危険にさらされる国民。

この三者の分断こそが、ブリジトの真の狙いだった。

＊

使臣が出ていくと、謁見の間は直ちに混乱に陥《おちい》った。

「陛下、今からでも降伏すべきかと。それが生き残る道です！」

シャーラ伯爵《はくしゃく》がそう叫んだ。

「とんでもない！ ブリジトの王が自国民を虐殺《ぎゃくさつ》した過去を忘れたのか！ あんな暴君に降伏したところで我われの安全などあるものか！」

ブルクラ侯爵《こうしゃく》が反論するとシャーラ伯爵がさらに大きな声を出した。

「ですが……！ 我ら貴族の待遇さえ約束してもらえるなら降伏してもよいのでは？」

国民など奴隷にしても構わないというシャーラ伯爵の発言。ブルクラ侯爵は首を横に振った。

「どの国がそんなことを保障してくれると？ 降伏した国の貴族を粛清《しゅくせい》する、そんなことは歴史上幾度《いくど》となくあった。逃げた方がましだ。ルナンに帰順した方がな」

国を守ろうという意見を出す者はいなかった。情けない貴族たちの会話が飛び交う中で、今にも泣きそうな幼い王。

王だけは国民を守りたいという意志を持っていたが、残念ながらお飾《かざ》りの王に彼らをまとめ上げ奮起《ふんき》させるだけの力はなかった。

そんな中、黙って見ていたルシェイク公爵《こうしやく》が口を開く。

「何をそんなに騒いでいる。我が国の王妃セデリア様はまさにルナン国王の娘ではないか。それに、ルナンは我われの同盟国であり、朝貢《ちようこう》まで受け取っている。援軍を要請すればいい！」

その言葉にシャーラ伯爵は首を横に振って言った。

「しかし、ルナン王国はナルヤ王国との戦争で状況がよくないのでは……」

否定的な発言にルシェイク公爵が怒鳴り散らす。

「他の同盟国への体面もあるのに、状況が良くないからと同盟国を見捨てるものか！」

すると、ブルクラ侯爵がルシェイク公爵に同意しながら気勢をあげた。

「ナルヤ王国さえも撃退したルナン王国の助力があれば何の心配もいりません。それなら十分にブリジトと戦えるはずです。もし、援軍が見込めなければ、その時に逃げればいいことです！」

すると、他の貴族たちもそれがいいと騒ぎ立て始めた。

「陛下、よろしいですか？　至急、ルナンに使臣を送るのです！」

ルシェイク公爵の言葉に王は戸惑《とまど》いながら訊《き》いた。

「で、でも、誰を送れば……」

「こんな大事な仕事を任せられるのはひとりしかいないのでは？」

「……姉上か？」

「他に誰がいるというのです？」

その言葉に貴族たちは全員うなずいた。

＊

ユラシア・ロゼルン。

ロゼルン王国の第一王女。ロゼルンの前国王が残した二人の子供の中でも第一子。

「ブリジトが突然ロゼルンを脅《おびや》かすのには何か理由があるのでしょうか？」

ユラシアはルナン王国との国境を越えて王都に到着すると、出迎えてくれたロゼルン王国の貴族でありルナン王国の駐在外交官であるバッタン伯爵に訊いた。

「ナルヤ王国との大戦争により、ルナン王国は未だ戦禍《せんか》から立ち直れていないというのがブリジト王国の評価のようです」

「つまり、同盟国であり友邦国《ゆうほうこく》のルナン王国には、私たちを助ける余裕はないと？」

「左様《さよう》でございます、殿下《でんか》」

バッタンの言葉にユラシアはぎゅっと拳《こぶし》を握った。

「でも、実際はどうかしら。そこが一番重要です。ルナン王国には本当に余力がないのですか？」

ユラシアの質問にバッタンは首を横に振った。

「ルナン王国南部の領地はこの間の戦争に参加すらできませんでした。それだけ急速にナルヤ王国軍がリノン城まで進軍してきたのです。ですから余力はあります。その余力に……まともな指揮官さえ派遣してもらえるなら……。まあ、ロゼルンの兵力とルナンの兵力が合わされば数では確実にブリジトよりも勝るでしょう」

「まともな指揮官、ですか……」

ユラシアはその言葉をしばらく何度も繰り返し呟《つぶ》やいた。

＊

ルナン城の謁見の間。

ユラシアは王の前で跪《ひざまず》いた。

「陛下、ブリジト王国が理不尽にもロゼルンを侵略しようとしています。残念ながら我が王国軍の兵力は彼らの足元にも及びません。長年の同盟国としてお願い申し上げます。ロゼルンに援軍をお送りいただけませんか？」

ルナンの王はそれを聞くと顔をしかめた。全く気の進まない話だったからだ。

「セデリアの頼みか？　まったく、危険ならば逃げればよいものを」

王の言葉にローネン公爵も同意した。

「仰る通りです。今はナルヤ王国を牽制《けんせい》すべき時。この間の戦争での被害も大きいですから。同盟国の戦争は気の毒ですが、現在のルナン王国に援軍を派遣する余力はありません」

王の感情的な拒絶というより、とても合理的な理由だった。バッタンの話とは違ったが当然だろう。

もっともローネンとしては余力があろうと、ルナン王国にとって価値のない戦争に兵を派遣する気はなかったのだ。

「それもそうだ。やつらにまた攻め込まれてはならん。ユラシアと言ったな。悪いが我われは今もなお戦争のただ中にあるも同然だ。あの非道なナルヤの連中とな。こんな状況だから援軍は難しいだろう」

王がそう言うと、このままではまずいと思ったユラシアは新たな提案を持ち出した。

「助けてくだされば、五倍の朝貢をお約束します！　陛下、これがロゼルンの限界です」

「五倍の朝貢だと？」

王は少し考える素振りを見せたが、それでも気が進まないという顔で口を開いた。

「朝貢のために援軍を送るなど、そうはいかん。ローネンの言うように余裕がないのだ。余裕が！」

王がまたしても断ると、ユラシアの顔は今度こそ絶望の色に染まった。

＊

ゲームの中でのロゼルン王国は問題の多い国だった。

前国王の崩御《ほうぎょ》以来、王族の求心力は弱まり、貴族たちも民のことなど考えず好き勝手に領地の管理をしていた。

愛国心などありはしない。

だから正式に宣戦布告をされた直後、ブリジト国王の野蛮な侵略を恐れた貴族は全員逃げてしまったのだ。

ただ、そんな状況でも簡単には滅亡しなかった。

逃げ出そうとする兵士と国民を奮起させ、ブリジトと最後まで戦った存在がいたからだ。

幼い頃から国民の支持を得ていた存在。

生まれ持った魅力で、彼女が演説をすれば歓呼《かんこ》が絶えず人気は日々高まっていった。

そして、彼女はその信頼に背かなかった。

国を守るために自ら最前線に立って戦ったのだ。

結局、先陣を切った彼女は戦死した。

彼女の死後一週間も経たずロゼルンが滅亡したことから、数か月もの間ロゼルンが持《も》ち堪《こた》えられたのは彼女の力だけによるものだったということが分かるだろう。

もちろん、ここまではゲームの歴史だ。

彼女の名前は、ユラシア・ロゼルン。

今そんな彼女が、俺の目の前でルナン国の王に土下座をしていた。

［ユラシア・ロゼルン］
［年齢：２０歳］
［武力：８７］
［知力：５７］

[指揮：95]

国を守ろうという一心だけで純粋に援軍の要請に来た。

援軍を得るだけでも多くの政治的な根まわしが必要ということを知らずにいるというか。

貴族を取り込んでから援軍を要請すればこうも無碍《むげ》に断られることはなかっただろう。

彼女の指揮の高さは生まれ持った魅力によるものだが、それはあくまで民衆や軍を動かすためのカリスマ性に過ぎない。

まだ俺は見たことがないが、武力数値が高いことからマナの資質もありそうだった。

政治家というよりは実直な武将タイプ。

もちろん、今この場面に俺が居合わせているのは単なる偶然ではない。

俺はすでに数日前から王都に来ていた。

ロゼルンとブリジトの戦争は俺にとっても重要な戦争。

以前、王都に立ち寄った際に買収しておいた侍従《じじゅう》と侍女《じじょ》からの知らせを受けた俺は、このタイミングに合わせて王に謁見しに来たのだった。

明らかに断られている。

土下座したまま唇を噛みしめるユラシア。

長い金髪から彼女の高貴さが漂う。

誰もが虜《とりこ》になってしまうほどの魅力を持っているというか。

それも手の届かなそうな、そんな気分にさせる高貴な魅力。

だが俺の関心は、援軍の派遣だった。

ルナンはロゼルンに援軍を送らなければならない。

「陛下、援軍を送るべきだと思います。指揮は私にお任せください！」

貴族たちが反対する中、俺が急に援軍を要請すると、ユラシアは驚いた顔で俺を見つめた。

王や貴族たちも同じ反応を示す。

「戯言《ざれごと》はよせ！　今のルナンに援軍を送れる余力はない！」

ローネンが俺に向かってそのように声を荒げた。

「そうとも！　予を守らずしてどこへ行くというのだ！」

すると、王もまた子供のようなことを言い出した。

ルナンの王は確かに臆病《おくびょう》。

だが、酷《ひど》く欲深くもあった。

「いくらナルヤでも7万の兵力を失えばそうすぐには動けません。一年ほどはおとなしくしているでしょう。ローネン公爵、違いますか？　斥候《せっこう》を放ったと聞いておりますが」

「それはそうだが、他国の戦争に首を突っ込むべき状況ではない！」

俺が訊くと、ローネンは再《ふたた》び反発して首を横に振った。

これだからルナンはだめなんだ。

ロゼルン王国そのものは正直どうなっても構わない。どうせこの国と同じく腐敗した貴族連中と訓練度の低い兵士しかいないだろう。

それにロゼルンは地理的に多くの国に隣接しているために、どの国からも攻められやすい場所だといえる。戦略における立地としてはいい場所ではない。

その点ブリジトは違った。海岸沿いにいくつか島が連なっているため、密かに兵力を育てるのにかなり適した場所だ。

そして何より、ユラシア・ロゼルン。

彼女とはすでに親交があるが、今回援軍を派遣できれば俺は彼女にとって恩人ともいえる存在になれる。

それにロゼルン内の支持が高い彼女の力を借りれば、兵たちを奮い立たせることも容《よう》易《い》だ。

ロゼルンの兵力でブリジトの侵攻を阻止して、ルナンから率《ひき》いる兵力で一気に反撃をしてブリジトを獲《と》る！

俺の知るゲーム中の歴史では、ブリジトの王は自らも高い武力を有しており、ユラシアと同様最前線に立って力を振るった。

ブリジトはロゼルンを滅ぼすことに成功するが、その後ナルヤの攻撃を受けて滅亡する。

多少の疲弊《ひへい》はあっただろうが、ブリジトの力は所詮《しょせん》ナルヤには及ばない。

ナルヤにできたことが俺にできなければ？

大陸統一は難しくなるだろう。

今回の目的は、先陣を切ってきたブリジト王を殺すという単純なもの。

こんな機会を逃すわけにはいかなかった。

自分の兵力は温存したまま別の兵力で領地を得られるチャンスだから！

「陛下、私の目的はロゼルンではありません。援軍を私にお任せいただけるのなら、ロゼルンを侵攻するブリジトを阻止した後、反撃に出てブリジトを滅亡させます。ブリジトが陛下のものとなればナルヤなど何の心配もいりません。陛下がこの大陸の勝者に一歩近づくことになるです！」

俺の言葉に、ルナン国王は目を丸くしていた。

欲深い王なら、ブリジトを手にできるという話に興味をそそられるのは当然だ。

ロゼルンはどのみち朝貢を納める国だ。そこにブリジトまで手に入れば確実に大きな力を得ることができる。

愚鈍《ぐどん》で欲深いからこそ、大きなエサに食いつきやすい。

「私にいくつか策《さく》があります。ナルヤの軍師がルナンの王都まで急速に進軍してきたあの戦術です。ナルヤにもできたことが私にできなければ、参謀《さんぼう》を名乗ることなどできません。そのときは、領地を陛下に返納してただの貴族に戻ります！」

そこまで言うと、王はごくりと唾《つば》を飲み込み慌てて訊き返した。

「ブリジトを予の、いや、ルナンのものにするだと？　あの領地を全部？」

「左様でございます、陛下！」

俺が断言すると王はローネンと目を合わせた。

困惑しているのかローネンもどうしていいかわからない様子。

「この間の戦争によるルナン南部領地への被害はほとんどありません。遅れて兵力を送りましたが、すでに戦争は終わった後でした。その南部領地から5万だけ兵力を集めていただけるのであれば、ロゼルンを侵略したブリジトに反撃を仕掛けてみます！」

滅ぼしたブリジトがルナンの領地となるのは仕方ない。

今その領地を俺が管理するには人材も兵力も足りない。まだ独立すべき時ではないから。

もちろん、占領してからしばらくルナンに預けておくだけだ。

ナルヤの大征伐《だいせいばつ》が起こりルナンが陥落するまさにその時、血を一滴も流すことなくルナンが管理していたブリジトの領地をそのまま吸収するつもりだった。

自分の兵力を一切使わずに大きな領地を狙える戦略といおうか。

そのためにまずはブリジトを滅ぼさなければならない。

実際のところ俺にとっても大きな賭けだった。

だがだからこそ、この世界は面白い！

王は誘惑に負けたというように俺を見つめた。

そうだろう、たまらなくそそられる提案だろ？

＊

ローネンとふたり残った謁見の間で王が言った。

「ナルヤに動きがないというのは本当か？」

「はい。派遣するのが南部の兵力だけでしたら、しばらくは大丈夫でしょう。エルヒンが半年以内に決着をつけると言っているので……。なおさら心配はいらないかと。北部領地はエルヒートが再建していますし、今回は斥候《せっこう》を放って敵の動きを読んでいます」

「そうか。では……。本当にブリジトの領地を狙ってもいいのだな？」

「エルヒンならやれるでしょう。この間の戦争でルナンの王都まで狙っていた敵の策士が何もできずに帰ったではありませんか。国王を失ったブリジトにあの戦術を使うのなら……。敵は手も足も出ないでしょう。もちろん、ブリジトの王をロゼルンで殺すことができればの話ですが、やってみるだけの価値はあると思います」

「ククッ。そうだな。十分にそれだけの価値はあるだろう。エルヒンは失敗した時は領地の返納までかけている。いいぞ。こういう賭けは大歓迎だ。ブリジトか……。クッハッハ！」

喜ぶ王に向かってローネンは慎重に口を開いた。

「ですが陛下。ブリジトが手に入り次第、エルヒンは王都へ呼び戻すべきです。彼に領地を分け与えてはなりません！」

「もちろんだとも。エルヒンにはナルヤと戦う役割を果たしてもらうだけだ。それから予の敵がいなくなった頃に殺すのさ。ククククッ。ルナン王家の系統でなければ必要ない。だから、この間の戦争でも爵位《しゃくい》の話を持ち出して何の褒美も与えなかったのだ。フフフッ」

ローネン公爵はルナン王家の親戚。

つまり同じ系統、同じ仲間だ。

彼もまた手に入ってもいないブリジトの領地を自分のものにしようと欲望を剝き出し

にしていた。

＊

「すべてあなたの言った通りでした」

王宮の前でユラシアが相変わらずの無表情で言った。

「少しは驚いた顔をしてくれないか？」

感情を込めて言うとユラシアはむしろ眉間《みけん》にしわを寄せた。

「十分に驚いてます。とっても。正直あなたが現れるまでは本当に絶望的でした……」

へぇ、そうだったのか。まったくそうは見えなかったけど。

ユラシアはそこまで言うと俺の前にもう一歩近づいた。

そして、俺を見上げる。

澄んだ瞳が俺を直視する。

「助けるって書信を送ったろ？　少しは人を信じろ」

「そうですが……。ルナンの王が強硬な態度を取ってきたので……。それよりあなた、ブリジトによるロゼルンへの侵攻を一体どうして」

それはゲームの中の歴史だから知っているだけ。だが、その事実を話せるはずもない。

「結局、世の中って情報がすべてだろ？　大陸の情報を把握してそれに合った戦略を立てる。その力がなければ、この戦乱の時代で待ち受けるのは絶望だけじゃないか？」

「正論ですね」

ユラシアは俺を見上げたまま目を離すことなくそう言った。

無表情な顔は相変わらずだが彼女のまなざしは何だか不満げだった。

「でも、それ以上の何かがあると思います。何だか……あなたって変です」

「変だと？」

「はい、とっても。あなたの考えの行き着く先は見当がつきません。だから怖いです」

「おいおい、悪徳領主《あくとくりょうしゅ》の誤解は解けたんじゃなかったのか？」

また何か誤解しているのではと思って訊いたが、ユラシアは真っ直ぐな視線をそらさなかった。

そういう意味ではないというまなざし。

「まあいいさ。見てればいい。今回の戦争はもちろん、これからしばらくは俺という人間から目が離せなくなるだろうから」

「そうですね。まずはロゼルンを守らないと。疑問を抱いていることは確かですが、私の気持ちとしては助けて下さったことに感謝しています！」

「そうか？　今その表情が感謝している人の表情か？」

俺は肩をすくめて言ったが、ユラシアは依然《いぜん》として表情を変えなかった。

＊

ブリジトの6万の精鋭兵がロゼルン南部の国境領地ルクセンバウムに集結した。
ブリジトの王、バウトールが直ちに攻撃命令を出す。
その命令と共に4万の歩兵隊が一斉《いっせい》に国境を越えてロゼルン領へ突撃を開始した。
バウトールは満足げな表情を浮かべてその様子を見守った。
彼の口元にかすかな笑みが浮かぶ。
どれほど征服したい場所であったことか。
ルナン王国やナルヤ王国に比べてブリジトはいつも格下として扱われてきた。
バウトールはそれが気に入らなかったのだ。
だから、今回の戦争には大きな意味があった。
「うぉおおおおお！」
突撃するブリジトの兵士たち。
ルクセンバウムの防御兵4000では、6万の精鋭兵を阻止するのは不可能だ。
宣戦布告を受け急遽《きゅうきょ》増員した兵力を合わせれば7000だが、それでも力は及ばなかった。

怯《おび》えた兵士や領主は役目を果たせずにいた。

城壁《じょうへき》に登り、そんな領主を見て嘲笑《ちょうしょう》するガネイフ。

彼はブリジトで最強といわれる王国三剣士のひとりだ。

「あいつを殺せ！」

領主は驚いて後ずさりしながら叫んだ。

だが、ガネイフの剣はそれよりも速かった。

快剣《かいけん》のガネイフという異名を持つだけあって、彼の剣は素早く正確に領主の心臓を貫いた。

その姿を見たバウトールが大きく笑う。

ロゼルン軍の状態は自分が思っていたものと大きく違わなかったから。

城の前まで進んだバウトールは兵士たちに向かって力強く命令を発した。

「待ちに待った瞬間だ、城内に突入しろ！　奪いつくすのだ！」

城も割れんばかりの大喊声が響き渡る。

それはロゼルンの人々にとって死刑宣告も同然だった。

「きゃぁぁああ！」

「こっちへ来い！」

獣と化した兵士たちが狂ったように若い女を狩り始めた。
「助けて……っ！」
そして、若い女を除くほとんどの領民がその場で殺されてしまった。
家の中に隠れていた女が髪の毛を摑《つか》まれて引っ張り出される。
数十人もの兵士がよだれを垂らしながらひとりの女に襲いかかった。
「いやっ……！　や、やめて……っ！」
あちこちで絶叫が飛び交う。
このまますべての領民が殺されてしまうかと思われた。
ところが王は、手当たり次第に捕まえた１００人の領民だけは殺さなかった。
そして、この地獄を目撃させてから解放したのだ。
「行って話すがいい。お前たちが見たことを。我われブリジトに慈悲《じひ》などない！」
目的はロゼルンの兵士たちだけでなく国民全体を恐怖に陥れること。
それはブリジトの兵士のストレス発散のためだけではない。
ブリジトに慈悲はないということをロゼルンの国民に知ら知めるためでもあった。
次の目的地はブリアント領地。
もちろん、この領地もまったく抵抗できずに陥落した。

バウトールは陥落した城内にまた別の地獄を生み出す。

そして、また何人かの領民を生きたまま解放した。

噂《うわさ》が噂を呼ぶように。

そうして難無く領地を蹂躙《じゅうりん》しながら進軍したバウトールは、街道の分かれ道でケセンバインとチラントのふたつの領地に降伏を勧告した。

「降伏せよ。従えば命は助けてやる。手を出さないということだ。抵抗して全員死ぬより生きる道を選んだ方がいいだろう！」

連日、城の前で降伏勧告を行った。

すでに他の領地で領民たちがどれほど残酷《ざんこく》な最期《さいご》を迎えたのかを何度も聞いていたので、戦う意思を失ったチラントの領主は降伏の意を表明して白旗を掲《かか》げた。

「陛下、安全を保障するならすぐに城門を開けるとのことです！」

「いいだろう。敵兵の武装を解除させろ」

無血入城ほどすばらしいものはない。戦わずに勝つことこそが最高の方法。

「よし！　降伏したチラント領地における虐殺は禁ずる。命は助けてやれ」

「何ですと……？」

ガネイフが首を傾げて訊いたが、バウトールはもどかしげな顔つきで目をつり上げた。

「あ、いえ、何でもございません！」

「いまだに降伏してこない領地は徹底的に踏み荒らす。男は即座に皆殺しだ。女は降伏したチラントまで連れて行き強姦《ごうかん》した後に殺せ。降伏した領地とそうでない領地の違いがどれほどのものかをロゼルンのやつらの頭に刻み込むのだ！」

まさにこの戦術は後の戦いに大きな影響を及ぼした。

領主と領民、そして家臣《かしん》の間に混乱を生んだのだ。

圧倒的な兵力差。

続々と降伏していく領主。

その結果、ブリジトが王都まで進軍する過程で失った兵力は１０００人にも満たなかった。

＊

エルヒンはユラシアを連れて、南部の領地でルナン王国軍と合流した。

訓練度は３０。

士気も３０。

酷い数値の部隊だった。

指揮官には２人の伯爵と５人の子爵《ししゃく》、そして１０人の男爵《だんしゃく》が配置された。

これはローネンの思惑《おもわく》だった。子爵と男爵は各領地から兵士を率いてきた地方の貴族だが、伯爵はローネンが送りこんだ家臣。

つまり、監視役ということだろう。

副大将フィハトリ伯爵こそがその筆頭だった。明確に俺に不満を持っているわけではないだろうが、だからといって俺の指示に素直に従おうというつもりもないらしい。

援軍には急遽ジントを合流させた。

エイントリアン領の他の家臣は呼ばなかった。領地内の軍事訓練で大忙しだろう。

他国での戦争だからジントひとりで十分だった。

問題は王が差し向けてくれた援軍がたったの3万ということ。

王はとりあえず3万で戦っていれば追って充員してやると説明した。

冗談じゃない。

つまり、まずは3万の兵力で可能性を作れということだった。

ブリジトの王を殺す可能性を。

＊

3万の援軍を率いて走り続けた。

やがて国境を目前に控えて日が暮れたところで野営を張った。

国境、つまり戦場は目の前。

明日からはロゼルンに乗り込むことになる。

野営地には緊張が満ちていた。

もちろん、俺も緊張していた。

ゲームの中の歴史を知っているからといって、それが命を保障してくれるわけではない。

それでもやらなければならない。

これを成し遂げてこそ大陸統一の可能性が少しでも生まれるはず。

焚き火が高く燃え上がる。

先に幕舎《ばくしゃ》に入ったユラシアも緊張で眠れないのか俺の方へ向かって歩いてきた。

「眠れないのか？」

「はい……。隣いいですか？」

「もちろんだ」

俺がうなずくと彼女が近づいてきて一緒に焚き火の前で肩を並べて座った。

「ロゼルンの南部領地がブリジトに蹂躙《じゅうりん》されています。ブリジトの王が国民を虐殺しているのです！」

ユラシアが握りしめた拳を震わせて声を張り上げた。

ロゼルンの戦況についてはリアルタイムで報告が入っている。

眠れないのも無理はない。

「ブリジトの王は降伏と虐殺を利用した最悪な戦略を使っている。最悪の戦争法だ。それに軍の数も圧倒的だからな……」

「……私たちに勝ち目はあるでしょうか？」

それは俺も知りたい質問だ。

もちろん、勝つ方法はある。

勝つ方法はあるが結果はわからない。

「たった3万だから不安か？」

「それより少ない兵力でナルヤを撃退するあなたをこの目で見ました。ブリジトよりも強力なナルヤの大軍を」

ユラシアはそう言って俺に向けていた視線を焚き火に移した。

「だから、不安なわけではありません。私が訊きたいのはあなたの戦略です。気になって眠れません。あなたは何を考えているのですか？」

「まあ、ブリジトに勝つ戦略さ」

「その戦略とは？　それがロゼルンを守ってくれるのなら……私は何でもするつもりで

す！」

彼女は突然立ち上がってそう言ったが、話してやれることはない。

今回の戦略の根本《こんぽん》には彼女の存在がある。

今のところゲームの中の歴史から流れは大きく変わってはいない。

それはおそらく、ひとつひとつの戦場がゲーム同様に成立するかどうかで判定されているからではないか？

もし彼女がゲームの中の何か一つでも知ることになれば、そのゲームの中のひとつの戦場が再現されなくなる可能性が高い。

つまりバタフライ効果というやつを警戒してのことだった。

「落ち着け、ユラシア」

だから、俺は立ち上がって彼女の後ろに回り両手で肩をつかんだ。

そのまま彼女を座らせて言った。

「戦略はあるが、今は言えない」

「どうして？　私が信用できませんか？　絶対に戦略を誰かに話したりなんかしません！」

「信じるとか信じないの話じゃない。勝つためなんだ」

強いまなざしを向けていた彼女は俺のその言葉に疑念の表情を浮かべた。

「え？　それは一体……どういう……」

「結果が出たら説明する。だから、今言えることはこれだけだ。君は君の戦いをしろ。俺は俺の戦いをする。この戦争の戦略はあくまでも別だ」

「力を合わせても手薄の状況なのに……？　それなのにどうして……！」

「ナルヤを撃退した俺の戦略を信じるんだろ？」

「信じますが、何の説明もなしに一体何を信じろと……？」

「それも戦略だ。だから、戦略ではなく俺というひとりの人間を信じてみろ」

「……」

きっぱりと答えると、ユラシアは黙り込んでしまった。

「それより、俺がルナンの王を説得していなかったら、そしてここへ来ていなかったら、君はどうするつもりだったんだ？」

「ロゼルンに帰って我が国だけで戦っていたでしょう。命が尽きるまで。私の生きている限り、絶対にロゼルンは渡しません！」

そう、それだ。

それがゲームの中の歴史にいる彼女だ。

「まさにそれだ。その気持ちを絶対に忘れるな。君の戦いさえできれば自《おの》ずとロゼルンを守れるはずだ」

「……何を言っているのか、さっぱりわかりません」

知らなくてもいい。いや、知ってはならない。

今はとても不満げな顔だが。

それが戦況を変えるから。

＊

連日の悲報と度重なる混乱の中、久しぶりにロゼルンの王宮へ朗報《ろうほう》が届いた。

まさに援軍の知らせである。

ユダンテは大喜びでユラシアからの手紙を広げた。

そして、何行か読むと嬉しそうに叫んだ。

「喜べ！　ルナンから援軍が来るぞ！」

それを聞いた貴族たちがざわつき出した。

「それは本当ですか！」

「おぉ！　それなら！」

しかし、手紙を読み進める王の表情が一変する。表情がみるみる曇《くも》ったのだ。

「だが……援軍の数が……たったの3万……」

その言葉に王宮の空気は一瞬にして凍りついた。

ロゼルン王国軍の総大将ベラックが眉間《みけん》にしわを寄せながら訊いた。

「陛下、数が間違っているのでは？　そんな数では絶対に勝てません。この間の戦争でナルヤの7万軍を阻止したルナンの総兵力は10万でした。一体、3万の兵力でどう戦えと……！」

「だ、だが、その指揮官がナルヤ王国を撃退したという、あのエイントリアン伯爵だとか。だ、だから……。何とか……！」

王のその言葉はもう貴族たちの耳には聞こえていなかった。

彼らには援軍の数だけが重要だったから。

援軍の要請を提案したルシェイク公爵までもが話にならないと首を横に振る。

3万の兵力が合流するし戦ってみようという意見は出ない状況。

ルナンからの援軍を信じて王都に残った貴族の頭に第三国に逃げるという選択肢が浮かんでいた。

ベラックも顔をしかめて王宮を後にした。

わずか3万の兵力でどう戦うというのか。

ロゼルンの王国軍は脱営《だつえい》が酷く綱紀《こうき》が乱れた状態で、残った兵力は1万ほどだった。

戦う意思のない1万の兵力と3万の援軍。

一方、敵は6万の精鋭兵だ。

それに加えて、降伏したロゼルン各地の領地軍を吸収して矢の盾となる奴隷兵も得ていた。

つまり、既存の兵力に2万の奴隷兵が加わって総兵力は8万を越えている。

3万の兵力で敵うわけがない。

王国軍の士気と訓練度をよく知るベラックは勝ち目のない戦いであるとの結論を下した。

だが、隣にいた麾下《きか》参謀カイテンの考えは違った。

「総大将！　戦ってみるだけの価値はあるかと。3万という兵力であれ、あのエイントリアン伯爵がいるなら、何とかこの王都は、王都だけは守れ……」

「黙れ！　それでも兵士の数は変わらない！」

「ですが、もっと大きな戦争を勝利に導いたエイントリアン伯爵なら……」

「フッ、どうせその話も誇張されたものだろう。噂とはそういうものだ。それに、今の状況では地形も利用できない。王都の前に広がる平原で戦うことになる。一体、どんな戦略があるというのだ！」

「そんな考えではいけません。すでに降伏した領主たちも間違っています。降伏することばかり考えているから国がこんな状況に……。今からでも気を取り直して真剣に戦うことを考えるべきです！」

「黙らんか！　わかったような口を利《き》くな！」

カイテンの言葉にベラックはむしろ激しく腹を立てた。

＊

ルナンからの援軍は国境を越え何事もなくロゼルンの王都に到着した。

そのまま王宮に直行してロゼルンの王に謁見する。

王はやはり幼かった。中学生くらいの年頃だろう。

「陛下、援軍を連れて参りました！　こちらが援軍の総大将エイントリアン伯爵です」

跪いて俺を紹介するユラシアの隣で俺も跪いた。

「そ、そうか！　あのエイントリアン伯爵とは、そなたのことか！」

「その言葉にどういった意味が込められているのかは存じませんが、私がそのエイントリアン伯爵です」

俺が首を縦に振ると王は切実な顔で改めて質問した。

「それでは聞こう。ルナンからの援軍が3万というのは本当か……？　後から充員されるなんてことは？」

その質問に貴族たちは同時に俺を見た。

兵士の数に不満があるようだった。

つまり、少ないということだろう。

まあ、それは認める。確かに多くはない。

だが、それでも最悪までとはいかない。何とか戦える兵力だった。

「充員はありません」

「そんな……たった3万の兵力で敵を阻止すると……？」

王の言葉に貴族たちが全員うなずく。

すると、ユラシアが王に向かってやれやれと首を横に振った。

「陛下、その3万の援軍ですら簡単に手に入った兵力ではありません。それに十分に戦えます。ご心配なく。ロゼルンの名にかけて必ず王都を守り抜いてみせます！」

もう我慢ならないというように、黙って聞いていたユラシアが叫んだ。

「私も十分に勝ち目があると踏んでやってきました！」

俺も彼女に同調した。

しかし、貴族たちはため息をつくだけ。

この場にいる貴族連中は全員、すでに敗北したかのような顔をしていた。

＊

ロゼルン王都の城郭《じょうかく》の上。

もうすぐ激戦地となるこの場所でロゼルン軍総大将ベラックに訊いた。

「ロゼルン王国軍の状況はどうでしょう？」

もちろん、システムで見ればわかることだが、とりあえず訊いておく必要があった。

説明をする前から俺が知っていたらおかしいから。

「ロゼルン王国軍の兵力は1万です。各領地から兵力を集めようとしたのですが、みんな降伏するか逃げてしまい……現在は王都の基本守備兵しかいない状況です」

「そんな！　ほとんどの領地が戦いもせずに降伏を？」

聞いていたユラシアが割って入ると、ベラックは強くうなずきながら言った。

「そういうことです。殿下、これが現実です」

さすがにこれは予想外だった。

つまり、王都へ支援に来た領地軍はおらず、元々の1万の守備兵が全てということ。

さらに、まだ侵略されていない王都北部の領地からも軍は来ていないようだった。

予定していた戦略が大きく変わることになる。

援軍を他に回して王国軍だけで守備できる状況ではなかった。

ルナン王が援軍の準備に手間取っている間、ブリジトの侵攻は破竹《はちく》の勢いで、状況が一層悪化してしまったのだ。

ブリジトが侵攻を開始する前に来れていれば状況はまったく違ったものを。

まあ、もう今それを言っても仕方がない。

「それより、どう戦うおつもりで？　王国軍と援軍を合わせても4万の兵力に過ぎませんが……」

総大将ベラックが俺に向かって訊いた。

「籠城戦《ろうじょうせん》を最大限に利用した方が宜《よろ》しいでしょう」

ひとまず、基本はこれだ。

しかし、俺の言葉にベラックは失笑《しっしょう》を漏らした。

「高名な参謀殿の戦略が、ただの籠城ですと？　ハハッ。それはそれは」

嘲笑して俺に背を向けると勝手に城郭を下りて行ってしまった。

つまり、ロゼルン王国軍の総大将も戦意を喪失《そうしつ》しているということ。

総大将があの調子だ。ステータスを見れば、王国軍の士気はたったの8しかない。

総大将の姿を見ながらユラシアは沈痛な面持ちで唇を噛んだ。

「ロゼルンがここまで情けない国だとは思いませんでした。みんな、3万の兵力では何の役にも立たないと思っているようです。3万なら決して少ない数ではないのに……」

「敵の数が多いからな。特に戦争に慣れていなければそう感じるのはなおさらだ」

「でも、3万の援軍がいるといないとでは天と地の差です。必死に抵抗すれば勝てると信じています。みんなが心をひとつにすれば何とか！」

まさにそうだ。みんなが心を合わせる必要がある。

つまり、士気を上げなければならなかった。

結局、戦おうという意志を持たせるべきなのは自国の兵士なのだから。

その国の兵士が逃げることばかり考えていたら、援軍の士気も上がるはずはなかった。

いくら優れた戦略を考えても実行できなければ意味がない。

ロゼルンがこうした酷い状態にあることはすでに知っていた。

＊

「陛下。残るはここロナフ、そしてベイジェンさえ占領すれば王都です！」

「ククッ。もう目の前ではないか！」

ブリジトの王、バウトールは順調な戦況にうなずいた。

「そろそろ王都にルナンの援軍が到着する頃か？」

バウトールの質問にブリジットの参謀イセンバハンが答えた。

「左様でございます！」

バウトールはしばし顎《あご》を撫でると隣にいた三剣士のひとり、重剣《じゅうけん》のエランテを呼んだ。

「我はロナフとベイジェンを占領してから王都に向かう。君は迂回《うかい》して先に王都へ行くのだ。我が到着するまで攻城戦は禁ずる。駐屯《ちゅうとん》した状態で徹底的に苦しめるのだ！」

「かしこまりました、陛下！」

エランテが答えると、バウトールは満足げな顔で兵士たちに視線を移した。

「ククク。兵士たちよ、心配するでない！　残りふたつの領地では好きなだけ殺して、好きなだけ強姦するがいい。抵抗しようが降伏しようが、そんなことは関係ない。王都での決戦に備えて心の限り楽しむのだ！　クククッ、クッハハハハ！」

ルナンの援軍はわずか３万。やはり、ルナンに余力はなかった。恐れるに足りなかった３万の兵力。この戦争の勝利を確信したバウトールが叫んだ。

＊

ロゼルン王都の前。

都市を取り囲む高い城郭の外にブリジットの黄色い軍服が見え始めた。

予想よりも随分《ずいぶん》と早かった。

まだ、何も準備できていないのだから。

士気は相変わらず最悪。

王都に来て1日しか経っていないから当然のこと。

［ブリジト王国軍］
［兵力：20000人］
［士気：90］
［訓練度：80］

現れた敵軍の数は2万。

見たところ、どうやら先鋒隊《せんぼうたい》のようだった。主力部隊はまだ他の領地を襲撃しているということだろう。

問題はわずか8に過ぎないロゼルン軍の士気だ。

先鋒隊が現れただけでロゼルンの兵士たちは大混乱に陥っていた。

城門がすべて閉ざされたことで、ただ脱営できずにいるだけ。

敵が現れるなり士気はさらにどん底まで落ちていった。

先鋒隊を送り込んだ狙いがこの混乱だとすれば、その作戦は十分効果があった。

しかし、敵はすぐに攻城戦を仕掛けてくる気はなさそうだった。城に攻め込まず、ただ圧力をかけながら過ごすだけ。

「敵が、敵が押し寄せて来ます！」

そんな中、城壁の上から驚愕《きょうがく》の知らせが入ってきた。

「あ、あれは……！　ロゼルンの国民です！」

ユラシアが驚きの声を上げた。

彼女が言うように押し寄せて来るのは、捕虜となったロゼルンの国民だった。

ブリジト軍は彼らを解き放ち一番後ろから追い立てるようにして殺していた。

つまり、立ち止まれば死ぬということ。

生きるために必死で城郭へ殺到する人々。

転んで踏み殺され、押しのけられて死んでいく中、前だけを見て走るのだった。

「た、助けてくれ！」

「門を開けてくれ！」

何とか城門の前まで辿り着いたが門は開かなかった。捕虜が絶望の声を上げるほどに、ブリジトの騎兵隊《きへいたい》は楽しそうに人々を殺していく。

だが、この状態で門を開けたら騎兵隊まで中へ入ってきてしまう。

だから門を開けることはできなかった。

しかしこのままでは目の前で敵軍に殺戮《さつりく》される自国民の姿をただ傍観《ぼうかん》するだけになる。

つまり、士気はさらに下がるだろう。

卑劣《ひれつ》なやり方だがロゼルンを苦しめるにはかなり効果的だった。

城門を開けようが開けまいがロゼルンはこのまま崩壊するだろう。

怒りに震えながらその姿を見守っていた王女は歯を食いしばると城門に駆け下りた。

「今すぐ門を開けるのです！　あなた方の目には助けてくれと絶叫する自国民の姿が見えないのですか！」

ユラシアが門番に向かって叫んだ。ところが、ベラックが彼女の行く手を遮《さえぎ》る。門番を蹴飛《けと》ばしては城門の前に立ちはだかったのだ。

「絶対に門を開けてはなりません。取るに足らない命のために王都を危険に陥れるというのですか？　いくら殿下でもそれはなりません！」

ユラシアはすぐにベラックを蹴り飛ばし激怒した顔で声を荒げた。

「黙りなさい！　自国民が目の前で死んでいくのを放っておきながら、家族と国のために戦ってくれと必死に叫んでみたところで、何の意味があるというのですか！　彼らもロゼルンの国民であり家族です！」

ユラシアはそう叫んで剣を抜いた。

「すぐに門を開けるのです！」

門番たちがあたふたと門を開けると、同時に外からは人がなだれこんできた。

馬に乗ったユラシアがその前へ駆けつけると人々はその馬の速さに驚いて脇に退ける。

「殿下のお言葉が聞こえぬか！　参るぞ、兵士たちよ！」

睨みつけるベラックを無視して王国軍の参謀カイテンがそのように叫んだ。

ユラシアの暴走？

止めるつもりはない。

自分の戦いをするように言ったのは俺だ。

そう、これこそが彼女の戦い。

止めてはならない。

ここはゲームの中の歴史のままである必要がある。それがこれから繰り広げられる戦略の根本条件になるから。

「フィハトリ！」

だから、当然ながら後を追うつもりで、ひとまず援軍の副大将フィハトリ伯爵を呼んだ。ローネン公爵の家臣でもある彼だが今は信じるしかない。どちらにせよ防衛に失敗すれば俺も彼もここで死ぬか、国に戻れても失敗の責を負わされるだろう。少なくとも今俺たちは一蓮托生《いちれんたくしょう》だ。ベラックよりは信頼できる。

「俺は王女のもとに向かう。援軍は王都に残れ。騎兵隊が城門に近づいてきたら門を閉めろ！」

王都内にいる兵士は援軍の数が圧倒的に多い。

援軍が王都を掌握《しょうあく》しているということ。

つまり、援軍が王都にいる限り、ベラックが勝手に門を閉めることはできなかった。

「総大将！　こんな罠《わな》にひとりで立ち向かわれるなんて自ら死を招くことになりかねません！　絶対にそれはなりません！」

フィハトリが驚いた顔で俺を止めた。こいつは俺の武力について知らない。戦略を上手く駆使《くし》するということを知っているだけ。だが、それを説明している時間はなかった。

「フィハトリ！　これは命令だ！」

そこで、俺が高圧的に出ると、フィハトリはあきらめて後ろに下がった。

「さっき俺が言ったことを肝《きも》に銘《めい》じるように！　城門の２００ｍ以内に敵が侵入しなければ、城門は開けておけということだ、いいな！　あのベラックの好きにさせるな！」

「承知いたしました。ただ、援軍は総大将に万が一のことがあればすぐに退却します」

俺が死ねばロゼルンを助ける意味はなくなるということ。

まあ、当然のことだった。

「いくぞ、ジント。お前の出番だ」

死ぬつもりなど毛頭ないため俺はうなずいてジントと共に城外へ走り出した。

＊

彼女は英雄だった。

いつも先頭に立って剣を振るい、国を守ったのだ。

しかし、今は状況が変わっていた。

彼女が援軍を要請するためにルナン王国を訪れロゼルンを離れたことで、ロゼルンの戦線はまったく踏ん張れずに王都まで押されてしまったのだ。

だが、彼女という存在は変わっていない。

うまくやればまだ兵を奮起させられるはず！

自国民が城内に入る時間を稼ぐためにユラシアはブリジトの騎兵隊の前まで馬を走らせた。

彼女が目の前にした騎兵隊。

実は、この騎兵隊はブリジトの兵科の中でも特別だった。

ブリジトには鉄鉱山がたくさんある。

そのため、ブリジトの騎兵隊は鋼鉄《こうてつ》の鎧《よろい》で武装した鉄騎隊《てっきたい》だった。

平原の戦闘では圧倒的強さを誇る突撃部隊！

ゲームの歴史ではナルヤの王に倒されたが、それは相手を間違えただけ。

もっとうまく用《もち》いていれば、ゲームでも大きな活躍をしていたかもしれなかった。

その鉄騎隊の前に立ちふさがったのは、ユラシアただひとりだった！

「城門が開いた！　突撃せよ！」

城門を開けたにも関わらずロゼルン軍の兵士たちがほとんど城から出てこないのを確認すると、エランテは鉄騎隊に命じて突撃陣形を整えさせる。

「つまらん連中だ、時間稼ぎすらしようともしないとは。これでは本隊を待つまでもない！　俺様がこの城を落としてみせよう！」

すると、ユラシアに仕方なくついてきたロゼルンの兵士たちは一斉に怖気《おじけ》づいてしまった。

「ヒィィイイッ！」

急ブレーキをかけたように止まるどころか、むしろ後退し始める兵士たち。

さらには、閉ざされた城門の外に出たのをいいことに逃げ出す兵士さえいた。

逃げなかった兵士も体をぶるぶると震わせるだけ。

後に続いていたロゼルン軍の参謀のカイテンもろくに戦いもせず馬から落ちてしまった。

だから、結果的に戦うのはユラシアひとりだった。

だが、ユラシアは何も言わなかった。たったひとりで剣を手に鉄騎隊に向かって突撃した。

彼女が剣を振り回すと青いマナがすれ違う鉄騎兵の胸を貫いた。

１０人の鉄騎兵が同時に攻撃を仕掛けたが、彼女の剣から放出される紺青《こんじょう》のマナの旋風《せんぷう》によってひとり残らず胸を貫《つらぬ》かれてしまった。

［ロッセード］
［ロゼルン王家に代々伝わる宝剣］
［使用者のマナをスキルのように放出する宝剣。マナの数値が大きいほど高い効果が得られる］
［武力＋３］

これが彼女の持っていた宝物の正体。

ロッセードで青いマナを放出したユラシアは鋼鉄の鎧で武装した鉄騎兵を次々と倒した。

そのたびに鉄騎兵の血がユラシアの体を濡らす。

全身を血で染めながらもユラシアは敵を斬り続けた。

彼女を見下《みくだ》していた鉄騎隊の隊長は、20人ほどの兵士が死んでからようやく我に返ったように叫んだ。

「何をしている！　相手はたったひとりだぞ！」

ユラシアをめがけて一斉に突撃してくる鉄騎隊。彼女はものともせずに前進しながら鉄騎兵をマナで倒し続けた。

前進するほど敵の数は増えていったが彼女はそれでも敵を倒しながら前へ進んだ。

ユラシアが通った場所には鉄騎兵の死体と主を失って暴れる馬だけが残された。

「あの女の馬を攻撃しろ！」

ユラシアに向かって突撃していた鉄騎隊の隊長がそのように叫ぶと、いつの間にか鉄騎隊が彼女の前後に立ちふさがった。

やはり兵力差が大きすぎて結局は周囲を包囲されてしまったのだった。

そして、すぐに。

「ヒィーンッ！」

彼女の馬が敵の槍に貫かれた。その槍を振り回した兵士はユラシアが斬り倒したが、彼女はその直後に馬から落下した。

王女は地面を転がる。

だが、ふらつきながらもすぐに立ち上がり鉄騎隊に向かって剣を構えた。

落ちた拍子に切れたのか額からは血が流れていた。

彼女は自分の怪我など気にも留めずまたもや鉄騎隊に向かって剣を振り回した。だが、すでに包囲されてしまったことが問題だった。

前にいる鉄騎兵はロッセードを振り回す度に数十人ずつ倒れていったが、後ろの敵に背を向けた状態になってしまったのだ。

ユラシアは後ろから攻撃された。もちろん、マナの力を使っているため、鉄騎隊の兵士よりも圧倒的に高い武力でその攻撃を避けることはできた。だが、どんなに避けても敵は果てしなく、結局、鉄騎兵の剣が背中をかすめたのだ。

背中からは血が噴き出て、彼女の顔は苦痛に歪《ゆが》んだ。

しかし、それでも彼女が座り込むことはなかった。

ロッセードを地面に刺すと首からペンダントをはずして目を閉じる。

すると、ロッセードが刺さった地面の上に巨大なマナの陣が現れた。

その巨大なマナの陣は白く光り出すと彼女の周りに巨大な爆発を起こした。


——ボンッ！

爆発が爆発を呼んで連鎖した白い光の爆発は鉄騎兵を全員飲み込んでしまった。

巨大な爆発音の後に残ったのは彼女だけ。

彼女を包囲していた鉄騎兵は全員消えてしまったのだった。

宝具《ほうぐ》！

白いマナの陣はどうやら宝具の力のようだった。そういえばバルデスカも宝具をつかっていた。

だがそこで力を使い果たしたというように何とかロッセードで体を支えるユラシアのもとへ、ブリジトの歩兵隊が殺到してきた。

その歩兵を率いてどすどすと歩いてくる巨体の男。

自分の背丈ほどの大剣を持つ彼が笑い出した。

「すばらしい。見事だ。ロゼルンにこんな女がいたとはな。今度はこの俺様が直接相手してやろう！」

[エランテ・モディデフ]
[年齢：４１]
[武力：９１]
[知力：３１]

［指揮：７１］

現れた男の武力は無駄に高かった。

「重剣」の名の通り身の丈ほどもある巨大な剣を軽々と振るい、ユラシアに襲い掛かる。

ロッセードを抜いて急いで切り返したが、青いマナでも敵の剣に敵わなかった。

そして、その振り回された大剣から発生した強力なマナの剣圧により彼女は後方へ弾《はじ》き飛《と》ばされてしまう。

「おい、何だよ。少しは楽しませてくれると思ったのに。たったその程度か？」

がっかりしたような口調でユラシアに向かって大剣を構えるエランテ。

地面を転がりすぎて傷だらけのユラシアだったが、ふらつきながらも立ち上がった。

ロッセードはマナをスキルで具現してくれる宝物だ。

Ａ級マナの使用者でなくとも青いマナを放出できるが、その放出されるマナはあくまでも使用者が蓄積《ちくせき》したマナ。結局、それが全部消費されると力を出すことはできなかった。

とはいえ彼女が負傷することは俺には織り込み済みだった。

ロゼルンの兵士の士気を高めるためには彼女の奮闘が必須だった。

だから、血を流すことはやむを得ないため俺はただ傍観していた。

それでも死なせるつもりはない。

負傷までが最低ライン！

スキルを使っていつでも彼女を守れるよう準備しておきながら戦いを眺《なが》めていた。

彼女はもう限界のようだからロゼルンの兵士に向かって叫んだ。

「ロゼルンの兵士たちよ！　君たちは王女のあの姿を見て何も感じないのか！」

全員がユラシアの姿をその目に収めた今、重要なのは引き金だった。

あの凄絶な姿に誰も反応しないようならロゼルンは本当に救いようがない。

そうなれば諦めてエイントリアンに帰った方がましだ。

すると。

変化が起こった！

「くそっ、俺も行く！」

「俺も！」

「王女殿下はいつも俺たちのことを気遣ってくださったよな。貴族たちに虐《いじ》められた時も助けてくれたのは王女殿下だけだった！」

「そうだな！　それに、殿下は通りすがりに倒れていた見知らぬ婆さんの面倒まで見てあげてたっけ。ちくしょー。ブリジトのやつらめ！」

やがて、ロゼルン王国軍の兵士たちがひとりふたりと剣を抜いた。戦う意思がなく死んでいた目の色が変わり始めたのだ。

「殿下をお救いするのだ！」

ロゼルンの兵士たちが先を争って飛び出していく。その数が次第に増えていくとその熱気は伝染し始めた。

ユラシアのもとへ一斉に駆けつけた兵士たちが、

「命を懸けても殿下をお守りするのだ！」

と、身を挺して重剣の前に飛び出した。

あの死んだ目をして何もできずにいた兵士たちとは思えないほどの勢いで、ユラシアの前に身を投げ出し始めたのだ。

[ロゼルン王国軍]
[兵力：5700人]
[士気：90]
[訓練度：20]

そして、その瞬間。

わずか3だった士気が90まで跳ね上がった。

おかげでユラシアに向かっていたエランテの一撃はロゼルンの兵士数十人によって防がれた。

もちろん、士気が上がっただけで訓練度に変化はない。歯を食いしばって戦うも敵は精鋭。

だから、こうして何の戦略もなく平原で戦ったところで敗北するだけだった。

だがこの士気さえ維持できればあらゆる戦略を用いることができる。城郭を挟んだ作戦の遂行が可能になるということ。

そのために士気は必要不可欠なものであって、今それを得た!

彼女が身を捧げて兵士たちを覚醒させたのだ。

「ジント、雑魚《ざこ》は任せたぞ」

「わかった!」

俺と共に飛び出したジントが見事な攻撃で目の前の敵を一掃して俺を王女のもとへ導く。

「このくらいで十分だ。一度撤退するぞ!」

彼女を先に馬に乗せて前には俺が乗った。彼女ひとりで騎乗できそうにもなかったから。

もちろんそれを阻止しようとエランテが俺のことを狙ってくる。

だがその大剣による一撃が、今度はジントによって防がれた。

「な、なんだとっ！？」

そう。これだ。

実は強いとされるエランテはジントより弱い。

だから大通連《だいとおれん》の相手にもならなかった。

ユラシアを助けようとすればいつでも助けられる。

だが、そうしなかったのは、ロゼルンの兵たちに自らが戦わなければならないと悟らせるためだった。

ここまでが俺の用意した、彼女の戦いだった。

彼女は自分の戦いを見事に成し遂げてくれた。

だから、ここからは俺の出番だ。

「え？　逃げるのか？」

ジントがきょとんとした顔で訊いた。俺はおとなしくついて来るよう彼に指示してユラシアに言った。

「こんなところでこれ以上戦う必要はない。幸いにも君が時間を稼いでいる間に、ほとんどの捕虜たちは王都に退却した」

士気を高めるという目標は達成した。だからこそ、今はこれ以上戦う必要はない。

「待ってください、それなら！」

ユラシアは何かをひとつ取り出すと敵に向かって投げつけた。

その瞬間、強力な光が拡散される。まるで閃光弾《せんこうだん》のような効果だった。

「みなさん、今のうちに王都に退却しましょう！」

ユラシアが戦い始めた兵士に向かってそのように叫ぶとすぐに退却が始まった。

どうやら彼女はいくつか宝具を持っているようだった。

おかげで少しは引き離せたが、当然ながら敵は閃光が消えるなり追いかけてくる。

「……くそっ、まぶしすぎる！　すぐに後を追え！　後方にいる鉄騎隊を呼ぶのだ！

このまま城門へと押し入るぞ！」

後ろから命令を下すエランテの声も聞こえてきた。

「ところで、あいつのこと知ってるのか？　手荒なやつだったが」

システムで名前と能力は把握しているがそれ以上は知らない。そこで、ユラシアに訊いてみるとすぐに答えが返ってきた。

「あの者は重剣のエランテ。ブリジトの三剣士のひとりです」

「三剣士？　あんなやつが3人も？　その中で一番強いのがあいつか？」

ゲームでは主人公が国を興《おこ》し戦い始めるころには、ブリジトはナルヤに滅ぼされていた。だから暴虐《ぼうぎゃく》な王が先陣切って戦い死亡した、という程度のことしか知らなかったのだ。

「いいえ。噂では快剣という者が一番強いとか……」

これが武力90を超える武将がひとりもいないロゼルンの現実だ。

エランテは確かに強いが、トップクラスの実力を持っているわけではない。

エランテひとりを殺すのは簡単だが、ここでは退却だった。

ブリジトの王は捕虜を利用して俺たちの士気を下げさせるためだけに彼らを送り込んだはず。とはいえエランテは明らかに自信過剰だ。このままロゼルンを攻め落とせると考えているだろう。

さらに言えば、ロゼルンはもちろん、ブリジトもこの王都に彼よりも強い武将がいるとは想定外だろう。

「それより、大丈夫でしょうか？　引き離すことはできましたが……このままでは城門を突破されてしまうかも……」

俺の腰に両腕をまわしてしっかりつかまった彼女は後ろを振り返ったのかそう訊いた。

彼女が鉄騎隊1000人を倒したが、依然として1万9000人の兵力が王都に殺到してきている。心配になって当然だ。

「ひとまず城門へ！」

俺は彼女を後ろに乗せたまま王都の城門を潜り抜けた。

＊

「策士のエイントリアンが何たるざまだ！　自信満々だったあの男の逃げる姿を見ろ！
プッハッハハハハ！　いい気味だ！」
城郭の上でベラックが笑い出す。
しかし、フィハトリはエルヒンの判断は正しいと思った。負けることがわかっている
相手と戦う必要はない。
マナを使ったということ自体がA級武将ということ。それなら王女や総大将に勝算は
ないというのがフィハトリの判断だった。
「時間を稼げるよう弓兵は敵を狙え！」
それでも自分たちの総大将。今死んでもらっては困る。
フィハトリは援護するために弓兵を指揮した。
だがその横で……、
「キキキッ、そうさ。ロゼルンは滅びて当然だ」
ベラックが邪悪な笑みを浮かべて独り呟いた。

＊

城門に入るなり俺はユラシアを馬から下ろした。ユラシアは少し足を引きずっていたが、それでもわずかにマナの力が残っているのか何とか歩けるようではあった。

「兵士たちが全員戻り次第すぐに門を閉めるのだ！」

城郭の上からフィハトリが指示を出しながら弓矢で援護していた。

だが、問題は鉄騎隊だった。

——ドドドドドドドドドッ！

エランテと共に現れたのは全員歩兵だ。２万の兵力の中に鉄騎隊の部隊はふたつあった。ひとつはユラシアが全滅させたが、後方にいたもうひとつの部隊がもの凄い速さで進撃してきていた。あとは歩兵だから速くはない。

だから、あの鉄騎兵が問題だ。

歩兵の我が軍よりも速かったのだ。

「フィハトリ！」

俺は城郭の上にいる彼を呼んだ。

「援護はいいからすぐに弓兵2000と騎兵3000をジントに引き渡してくれ。ジント、お前は彼らを率いて南門ではなく西門から出るんだ。お前たちが出たらすぐに西門は閉める。前に話した作戦の通りだ。そして、フィハトリ！　君は残りの援軍2万5000を率いて俺について来い。中央広場へ向かう！」

フィハトリとジントにそれぞれ命令を出した後、ユラシアに訊いた。

「鉄騎隊は矢を恐れない。あの速さならロゼルンの歩兵よりも先に城門を突破するだろう。入ってきた鉄騎隊が城門で時間を稼げば敵の大軍も王都に入ってくるはずだ。さて、君ならこの城門は開けたままにしておくかい？」

「それは……！」

ユラシアはすぐに答えられずに言葉を濁した。だが、とっさに首を横に振る。

「私の代わりに身を挺してエランテに立ち向かった兵士たちです！　間に合わなかったからと今ここで彼らを見捨てたら、後で彼らの心をもう一度動かすことは不可能でしょう。ここには、あなたの言うようにロゼルンの士気がかかっているのです！」

それが正解だった。士気のためなら。

「まだ平気です。私が城門の前で鉄騎隊を相手します。死んでも持ちこたえてみせます！」

「冷静に判断するとこの状態で１０００人の鉄騎隊を相手するのは無理だ。もしや、残っている宝具でもあるのか？」

そう、マナの回復には時間がかかる。今の彼女は平凡な兵士くらいの戦闘力しかない状態だった。動く度に傷も痛むだろうから。傷口からは今もなお出血していた。

「いえ、今はありません」

ユラシアは唇を噛みしめながら首を横に振った。

「ですが、外の兵士を見捨てることはできません！　彼らを見捨てることがあなたの戦略なら……私は従えません！」

「そうだ。それこそが英雄と呼ばれた君の姿。尊敬されて当然だな」

「っ、何ですか急に……」

「君の戦いをしてくれるなら、それが戦略の成功に繋がると話したはずだ。君は君の戦いをしてくれたから、ここからは俺の番。もちろん、君の望み通り城門は閉めない。俺を信じると言うなら、守備兵を率いて王都の中央広場に来てくれ！」

俺はそこまで言って背を向けた。

正直、この状況から勝利するために冷静な判断を下すなら、今すぐ城門を閉めてあとの兵士は諦めた方がいい。

しかし、今一番重要なのは士気だ。

ここで間に合わなかった兵士を見捨てれば、士気にいい影響を及ぼすはずはなかった。王女の思いはロゼルンの兵士に大きな効果をもたらしていたから。彼らのためにまたひとり城門で戦うというその気持ちが。

城外でエランテを殺すことならいくらでもできた。

だが、そうなるとエランテしか殺せない。

指揮官を失っての動揺はあってもよく訓練された兵士たちだ。追撃すれば、むしろ反撃にあう可能性の方が大きかった。平原での追撃戦は訓練度の低い我が軍には不利である。

さらに、それでは城を空けることになる。

もし他の部隊がいた場合にそれは最悪の選択となるのだ。

追撃で全滅を狙えなければ他の方法でそれを狙わなくてはならない。

背後にユラシアの強烈な視線を感じたが、それ以上は何も言わずに中央広場へ移動した。

＊

俺を信じることにしたのか他に方法がなかったのかはわからないが、ユラシアはロゼルンの兵士と共に王都の中央にある広場に集結した。

南門を制圧した鉄騎隊はエランテを待っているのか、まだ姿を見せなかった。

エランテが到着したらすぐにここまで追ってくるだろう。

そう。それでいい。

「一体、なぜ中央広場に？　ここまで敵を入れたら王都は占領されてしまいます！」

王女の言葉に俺は首を横に振った。

「そうしなければ敵の数は減らせない。南門を守り抜いたとしても、城門が閉まれば敵はひとまず退却するはず。そうなれば２万の兵力をそのまま帰すことになるだろ？」

「敵を阻止するのが最善では？」

ユラシアが話にならないという顔で声を張り上げた。

「戦略とは常に最善を越えなければならない。だから見てろ。ここからは俺の出番だ」

「それは一体……。ちょ、ちょっと、あなた！」

ユラシアの疑問はまったく解消されていないようだった。そして、それはフィハトリと援軍も同じに見えた。城門を開けたままにして敵を王都の奥深くまで引き込むなんてどうかしていると思っているだろう。

そうこうしているうちにエランテ率いる鉄騎隊が中央広場に登場した。大剣を持ったままでは馬に乗れないのか剣を運ぶ専用の馬が別にいる。

「ククク ッ、おまえらはばかの集まりか？　プッハッハ！　城門で防衛戦を繰り広げるどころか、中央広場まで道を譲ってくれるとはな！」

エランテはそう叫ぶと馬から下りた。鉄騎隊の3人が息も絶え絶えになりながらエランテのもとへ大剣を運ぶ。エランテはその大剣を両手で握るとこっちに向かって構えた。

後ろから続々と兵士が押し寄せてくる。システムで確認したところ、その数1万人。その1万の兵力は中央広場を包囲するかのように押し寄せてきた。鉄騎隊以外は歩兵隊だ。残りの1万はまだ城門を通過しているところだろう。

この辺で俺はひとりエランテのもとへ向かった。

「ちょっと、あなた！　止まりなさい！」

ユラシアが叫んだが無視した。

彼女だけではない。

フィハトリも、そして城郭の上からエランテのマナを見た援軍も驚愕の顔をした。

たかが武力91の武将にすっかり怖気づいてしまったのだ。

だから、ロゼルン王国軍と我が軍にもっと現実を見せる必要があった。

あの程度の武力に怯える必要はまったくないということを。

ここからは俺のターンだ。

「よし、まずはそこの鉄騎隊から」

俺はそう言って、

［地響《じひび》きを使用しますか？］

鉄騎隊をめがけてスキルを発動した。

――ゴゴゴゴゴッ！


すぐに地面が揺れる。そして揺れた地面に無数の地割れが走った。

まるで日照りが続いて乾ききった川底のように！

そして、そのひび割れた地面の底から赤い光が漏れ出した。

溶岩《ようがん》を形象化《けいしょうか》したものである。

「うあああああああっ」

やがてそこは赤い炎に包まれ燃え盛る地獄絵図と化した。

「ふっ、なんのこれしき！」

だがエランテは鼻で笑って、俺と同じように剣を地面に突き刺した。

すると、彼の前に黄色い光が出現する。

防御スキル！

やつの武力は９１。防御スキルを使ったことで瞬間的に武力が９４まで上昇したが意味はない。

保有ポイントは３００。

スキルは全部で３回使える。

だから、あと２回残っていた。

俺は生き残った鉄騎隊とエランテを範囲に入れてもう一度地響きを使った。

＊

——ボーンッ！

ロッセードのような特別な宝物でもなければ、集めたマナを武器で放出するマナスキルを使えるのはA級以上の武力を持つ武将に限られた。

エルヒンが使ったスキルによって再《ふたた》び地割れが走って炎の爆発が起こった。

その一撃で鉄騎隊の戦列が崩れる。

戦列とは戦争において最も重要なもの。それが崩れると隙《すき》ができてしまう。

「あっ、あれは……！」

ユラシアは驚いて目を瞬《またた》かせた。戦略の鬼才とは聞いていたが、まさかA級マナの使用者でもあったとは。夢にも思ってみないことだった。彼女が知っているのは見事な戦略でリノン城を取り戻したということだけ。

「まさか総大将が……！」

それはフィハトリも同じだった。いや、そこにいるほぼ全員が驚愕していた。

「いくら何でもひとりでは！」

ユラシアはそう言ってロッセードを手にした。ふたりで戦えば、もしかしたら！　そう思ったのだった。

しかし、その瞬間。

エルヒンがもう一度同じスキルを使うと再び炎の爆発が起こった。エランテはまたも嘲笑しながら剣を地面に突き刺す。

「重剣のエランテといったか。貴様に自信と自惚《うぬぼ》れの違いがわかるか？　敵を知り己を知ればそれは自信だ。一方、敵を知らずして嘲笑するのは自惚れだ」

エルヒンはそう言って持っていた剣を投げ捨てた。そして、手を広げると白い光が発生して彼の手に一本の剣が召喚された。

すぐにエルヒンは召喚した剣――大通連《だいとおれん》をエランテに向かって投げつけた。

地響きの効果が消えて、重剣を地面から抜いたエランテが眉間にしわを寄せる。

「ふざけやがって……。無駄口を叩くな!」

だが、エルヒンの剣は速かった。

エランテは大剣でそれを防ごうとする。

しかし、そもそも彼の武力は91。

スキルを使えば瞬間的に94まで上がるといった程度の武力はエルヒンの［破砕《はさい》］の敵ではなかった。

敵の油断と自惚れは、今この瞬間に誘引戦術の成功という贈り物を与えてくれたのだ!

その結果。

大通連に触れた大剣はまるでガラスが割れるかの如《ごと》く粉々に砕《くだ》け散《ち》り、そのまま勢いを落とすことなくエランテの胸を貫いてしまった。

「ぐあはっ!」

心臓を貫かれたエランテの巨体は、
バタッ!

断末魔《だんまつま》の叫びと共に倒れてしまった。

それも一瞬の出来事。

ユラシアとロゼルン王国の兵士たちも。

そして、フィハトリとルナン王国の援軍も。

勢いよく前進していたブリジト王国軍も。

全員が驚愕してあんぐりと口を開けた。

それだけエランテはブリジトで有名な武将だった。

エルヒンは大したことないというように歩いて行くと地面に突き刺さった大通連を抜く。

「お前たちの隊長は死んだ。それでも戦いを続けるならかかってこい。受けて立つ！」

エルヒンはそう言って敵中に飛び込んでいった。１０００人の鉄騎隊は地響きによって２００人も残っていなかった。

エルヒンが大通連で武力９４の攻撃コマンドを乱発するとその数は急激に減り始める。

「フィハトリ、何をしている！　敵が混乱に陥った今だ！」

その様子をただ呆然と見守っていたフィハトリは、エルヒンのその叫びで我に返って兵士たちに命令を出した。

「たた、直ちに攻撃せよ。敵は混乱している。我われが有利だ。全員突撃！」

「うぉおおおおおおっ！」

エルヒンの武力で自信がついたルナンの援軍は喊声を上げながら敵めがけて突進した。

「……っ、私たちも行きましょう。ここは私たちの王都です。援軍だけに任せるわけにはいきませんっ！」

体は疲れ果てていたが、ユラシアは足元をふらつかせながらも戦いに合流した。

王都に侵入してきた約1万の兵士は混乱のあまり慌てふためき出した。

「退却だ。くそっ、隊長が死んだ。退却するのだ！」

混乱に陥ったこのような状況では退却するという基本兵法を思い出したブリジトの指揮官がそのように叫んだ。しかし、それによってエランテの死が後方の兵士たちにも伝わり、ブリジト王国軍はますます混乱に陥ってしまった。

＊

一方、エルヒンがエランテと交戦していたところ。

ジントは弓兵と騎兵隊を率いて西門から出ると南門へ移動した。

そして、一緒に来ていたフィハトリの部下ヨルレン子爵に訊いた。

「鶴翼《かくよく》の陣とは、一体何だ？」

「鶴翼の陣ですか？　そうですね、南門に対して半円形に翼を広げたような陣形を整えることを言います！」

彼がジントについて知っているのはエルヒンの家臣であるということだけだった。

さらに、ジントはエルヒンにもため口をきいていたため思わず丁寧《ていねい》に答えた。

「難しくてよくわからねえや。とにかく、その陣を敷《し》け！」

「難しいことはありません。陣法の中では簡単な方です」

ヨルレン子爵はそのように答えて兵士たちに命令を出した。

「よし。今から城外に出ようとする敵軍に矢を浴びせる！」

「しかし、王都を陥落させる勢いの敵がすぐに出てくるでしょうか？」

ヨルレンの質問にジントは少し考える素振りを見せると答えた。

「さあな。俺はただ、やれと言われたらやるだけだ」

それが死ねという命令でも。

ジントはそう思いながら剣を手に持った。

しばらくして、驚くべきことに本当にブリジト王国軍が城を出ようとし始めた。

エルヒンが援軍の弓兵をひとり残らずここへ送ったのはまさにこのためだった。

「本当に敵が出てきます！」

ヨルレン子爵が信じられないという顔で叫んだ。

「それじゃあ、矢を放たないとな」

ジントの合図と同時に城門を出てくるブリジト王国軍に向かって雨あられの如く大量の矢が降り注いだ。

「うあっ、押すな！　矢だ！」

ブリジト王国軍は矢を見ても城内に引き返すことはできなかった。いっそのこと城内で戦った方がましだったが、隊長を失って混乱に陥ったブリジトの指揮官たちが一斉に退却命令を出したことで、それが最悪の結果として返ってきたのだった。

王都内ではさっさと退却するよう促《うなが》していて外に出てくると待っているのは大量の矢。そんな地獄が生み出されていたのだから。

「矢を射終わったらそのまま陣形を保て。その状態で向かってくる敵を斬れ。ひとりも逃がすな！」

ジントはそう言いながら先頭に立って剣を抜いた。

＊

王都は血の海となった。

仕方のないことだ。2万のブリジト兵をこのまま帰せばこの戦争は果てしなく長引く。

俺は戦争を長引かせないためにこの機会を利用する必要があった。

訓練の足りていない兵力ではあるが、敵を大混乱に陥れてから退路まで塞いでしまえば、当然我が軍が有利となる。

中央広場では城郭を使って退路を塞《ふさ》ぐことができた。

だが、城外でエランテを殺していれば敵軍は広大な平原へ逃げることになる。

その差はかなり大きい。

それに、この戦闘において一番重要だったのはロゼルンの士気。

それは今もなお90を維持していた。

兵士たちの前で必死の思いで唯ひとり戦った王女。

彼女が生きている限りこの士気は保たれるだろう。

ユラシアをひとりで敵と戦わせたのは士気向上のための苦肉の策だったが、結果的に敵まで殲滅《せんめつ》できたから、彼女の犠牲はこの上なく有効だった。

勝利の果てに俺はルナンの援軍に向かって叫んだ。

「これは確かに他国の戦争だ。だが、ロゼルンが負ければ、その次はまさにルナンの南部領地が戦場となるだろう。ルナンの南部領地はどんな場所だ？　そう、君たちの家がある場所だ。ここで勝てば戦場がルナンまで拡大せずにすむ。だから、この戦争は君たちの戦争でもあるのだ。俺に従え。俺の言う通りにさえすれば少ない死傷者で大きな栄光を手にすることができる！　そして、俺たちが戦いに勝ってブリジトの領地まで進軍する日！　陛下は君たちに大きな褒美を与えてくれることだろう。君たちだけでなく家族みんなが暮らしに困ることがないくらいの大金を得ることができるはずだ！」

他国の戦争に来ている援軍に必要なもの。

それは動機付けだ。

だから、俺の力を見せつけて大勝を収めたこの瞬間こそが、援軍の士気を高められる絶好のチャンスだった。

「うぉおおおおおおおお！」

俺の話を聞くと援軍の喚声が響き渡って、

［士気が80になりました］

援軍の士気も嘘のように急上昇した。

ブリジトにはおそらくもっと強い武将もいる。その中に［破砕］を無力化するようなスキルを持っている武将がいるかもしれないし、A級武将が2人以上いれば、［破砕］だけでは絶対に勝てない。

ここからが真の戦となるだろう。

幸いにもユラシアの奮闘で士気を得たため、一先ずの準備は終えたのだった。

＊

「そなたの活躍、とくと見させてもらった。素晴らしい。実に素晴らしい。見事だ！」

幼い王はブリジトを完全に退けたかのように喜びながら叫んだ。しかし、戦争はまだ終わっていない。もちろん、有利になったのは事実。それでも喜んでいる場合ではなかった。

「陛下、本当の戦いはここからです。その称賛はブリジトを倒してからお聞かせください」

その指摘に王はうなずいた。

「そ、そうか、よし！　その時は多大な褒美を進ぜよう！」

この戦闘で王や貴族たちの目の色が変わった。

もちろん、それは王女も同じ。全身に包帯を巻いたユラシアは激しくうなずいて王の言葉に同意した。

幸いにも彼女の傷は深くないようだった。切り傷程度で骨折のような大怪我《おおけが》もない。

一日眠った後に目を覚ますとすぐに活動を始めたくらいだ。

「ありがとうございます。陛下、勝利のために今しばらくご助力をお願いいたします」

た。

「もちろんだ！」

王が声を張り上げると同時に貴族たちもうなずく。

評価が変わったことを実感しながら儀礼的な謁見を終えて王女と共に謁見室を出てきた。

戦略会議のために兵営《へいえい》へ向かうつもりだ。

ふたり肩を並べて王宮の廊下を歩いていると、突然ユラシアが俺の前に立ち塞がった。

「それより、どうして隠していたんですか⁉　あなたがあんなに強かったなんて……。ブリジト三剣士がどれだけ有名か……！」

「別に隠したつもりはない。正しくは、そういう姿を見せるタイミングがなかっただけだ」

「確かにそうかもしれませんが……。あの！　今度、手合わせをしてもらえませんか？　エイントリアンの城に侵入した時も、剣を交えることはなかったので」

強い意志を込めてぐっと拳を握る彼女。

「強くなりたいか？」

「はい。強くなることこそ正義ですから！」

強いことが正義というならともかく、強くなることが正義か。

「それはつまり、修練することそのものが正義だと？」

「はい。弱いままの私では、何も守れませんから」

「そうか……まあいい。ちなみに俺の部下のジントは俺よりも強いぞ」

「えええーっ！！！　本当ですか！」

ユラシアは急に深刻な顔になるとロッセードを手に握った。

戦う相手が増えたと思ったようだが。

「それで、もう俺の戦略に疑問はないな？　王都の中央広場に集まれと言った時の表情が忘れられないんだが……」

今は修練より大事なことがあるため話題を変えると、

「……」

ユラシアは気が咎《とが》めたのか何も答えられなかった。

「あなた言いましたよね？　私が私の戦いをすることが戦略だって」

それからしばらくして、俺は少し違う質問を投げかけてみた。

「君なら兵士の士気を上げられると信じてた。君さえも戦略の一部だったってわけだ。だから、事前に言えなかった。君が俺の戦略を知ってそれが演技になってしまえば、ロゼルンの兵士たちが君の奮闘に反応しない可能性もあったからな」

エランテよりも強い俺がいつでも助けてくれる位置にいるということを彼女が知っていたなら、本気の奮闘にはならなかったかもしれない。

ロゼルンの英雄、あの歴史にある姿を引き出すことはできなかっただろう。

「利用されたと思ってるか？」

そんな受け止め方もある。だから、訊いてみるとユラシアは強く否定した。

「いえ。国を守れるなら利用されても構いません」

「そうか、君ならそう言ってくれると思ってたよ」

「でも、それを利用して敵を壊滅させるとは……。確かに少し疑っていました。戦略についで話してくれないし、私はひとりで戦っているのに何もしないあなたを見て……」

「ちょっと待て。万一の時は戦略だろうが何だろうが助けるつもりだった。そのまま死なせる気はなかったから。それは信じてくれ」

「そういうことなら……」

その瞬間、ユラシアは俺に頭を下げた。

「すみませんでした！」

「え？」

「これからは、あなたのことを心から信じます！　あなたが何を言おうと！」

それから決意を込めて叫んだ。

顔が真剣すぎて軽くいたずらをしたくなるくらいだ。

「西から日が昇るって言っても？」

「……今日から日は西から昇ります」

「本気かよ」

ユラシアはこくりとうなずき宣言した。

「あなたがそう言うのですから」

「やれやれ……。信じてくれるのはありがたいが……信じてくれなかった罪は大きい。簡単に許すことはできないな」

西から日が昇るという戯言《ざれごと》にまでうなずいた彼女にそう言うと困ったように答えた。

「で、では、どうすれば！」

「そうだな、まあ簡単なことだ。俺はこれまで君の怒った表情や冷めた表情は見てきたが、笑った顔を見たことがない。だからさ、笑ってくれないか？　作り笑いでも構わない」

エイントリアンの領主城で彼女に出会って以来、彼女の美貌《びぼう》に惚《ほ》れながらも残念なことがあった。

笑う姿など見せたことのない彼女だ。

自国に戻ってからもそれは変わらなかった。

だからこそ見たかった。

「……それは……」

ユラシアは難しい顔で眉をひそめた。

「私、物心がついてからは笑ったことがないんです……」

「一度も？」

「覚えてる限りですが」

「どうして？」

「……物心つく頃から国民の期待を背負っていました。国のために生きろという父上の言葉を受けて。お前は国民をまとめ上げ奮い立たせる存在だから、決して弱い姿を見せてはならない、と。それが父上の口癖で、私はそうやって生きてきました。強い姿だけを見せる国の守護神として……」

まあ、ある程度は知ってはいた。

ロゼルンの英雄として、ゲームの歴史における彼女はまさにそんな人物だったから。

「いいか、こうして口角を上げて笑うんだ」

結局、俺は彼女の口もとに手を運んだ。そして、引っ張る。

「痛ったぁあああい！」

両手を挙げて地団太を踏みながら絶叫する彼女。

そのまま蹴られそうになったから、俺は手を放した。

彼女に思いっきり蹴られたら俺は完全に吹っ飛んでしまう。

情ない姿をさらさないためにはお遊びも大概にしないと。

「まあいい。今回は諦める。それより、その剣と戦闘で使っていた宝具だけど……」

「これですか？」

ユラシアがロッセードを手にして訊いた。

「ちょっとそれ見せてもらえるか？」

彼女はうなずいて腰に帯びた剣を鞘《さや》ごとはずし俺に手渡す。

剣はやはり美しかった。だが、俺が使ったところで得られる効果は武力＋３だけのようだ。

Ｂ級のマナの使い手でもマナスキルのようにマナを放出してくれる宝物だが、俺には蓄積されたマナがないため、そうした付加効果は享受《きょうじゅ》できないということだろう。

「あ、それと宝具なら他にもあります。手持ちの物は使い果たしましたが、王宮の宝物庫にまだいくつか残ってるので」

「へぇ、王宮の宝物庫？」

「はい。ちょうどよかった。宝物庫へ行ってみませんか？　残りの宝具もいくつか持ってきて……それと必要なものがあれば差し上げます！」

「いいのか？」

「はい。戦争に勝つためですから、よろこんで」

王女はそう言うとすぐに背を向けた。

「では、こちらへどうぞ！」

彼女はすぐに地下へ向かった。宝物庫は王宮の地下にあるようだ。

地下へ降りると巨大な扉が目に入った。そこに番人の姿はない。

扉はユラシアが手をかざすと嵌《は》めていた指輪に反応して光を放ち自動で開いた。

それは白い光だった。

エイントリアン領主城の地下にある施設と同じような感じだ。

マナの陣に関係する施設のようだった。

すべて古代に造られた施設だろう。

白い光は神聖力とも関係しているため、この大陸に残っているこういった古代の施設は、このゲームの運営とも関連があるということではないだろうか？

つまり、神の宝物、神の宝具、そんな感じか。

ロッセードに至ってはアイテム級の宝物だ。

それと違って白い光を放つものは特典やそれ以上のものと関連があるのだろう。

大通連のように。

もしや、隠された特典や集めるべきものがまだ他にもあるのか？

白い光に関連する宝物や宝具を見てそんなことを思ったが、今は何の手掛かりもない。

ひとまず彼女の後に続いて宝物庫に足を踏み入れた。

「これがロゼルン王家の宝物庫……」

そこにあったのは金銀財宝が入ったおびただしい数の宝石箱。

そして、高価であろう装身具と一緒に各種武器が陳列されていた。

もちろん、宝物庫にあってもゲームアイテムとして認識される宝物ばかりではない。

だがこの場所には、アイテムとして認識されるほどの効果を持ったものがいくつもあるようだった。

ちなみにゲームアイテムには大きく分けて宝物と宝具の二種類がある。

宝物は装着すれば何度も使えるアイテム。

宝具は一度使えば消えてしまうアイテムだ。

実際、昨日彼女が使った白い光を放つ宝具は使うとすぐに粉々になった。

「私が使った宝具はこのペンダントです。残り少ないですが」

彼女はその宝具を首にかけながら説明した。

「あの辺の武器はもちろん、必要なものがあれば遠慮なく仰ってください。よかったら、あなたもこのペンダント型の宝具をお使いになられますか？」

彼女は首にかけたペンダントのほかにひとつだけ残ったペンダントを手にして訊いた。

「うーん、それは君が身を守るために使った方がいい。もし必要な武器があったら言うよ」

「はい。いくらでもどうぞ！」

俺は宝物庫を真剣に調べ始めた。アイテム級の［宝物］があるかどうか。

すると、宝石箱の中にひとつただならぬものが入っていた。システムがアイテムとして認識したのだ。

［リンキツ］
［月の気運を受けた宝物］
［使用者の魅力を高める］

見た目はただのブレスレットだったが、内側には複雑な細工が施されていた。どう見ても平凡なアイテムには見えない。

試しに嵌めてみたが意味がなかった。俺自身の情報は武力しか表示されないから。

「そのブレスレット、お気に召されましたか？」

その姿を見たユラシアが妙な表情で俺を見る。女性用の装身具だから。

「うん。気に入った」

「あら、本当ですか？」

俺は笑いながら彼女に近づいた。そして、彼女の手首をそっとつかむ。

「これ、古代のマナが宿る珍貴な宝物じゃないかな。俺には鑑定能力があるんだ。こうして倉庫に置いてべきおくものじゃないぞ」

「え？　これが？」

「西から日が昇るって言葉も信じるんだろ？　それにこれ、俺には意味がない。君が使ってこそ効率性が極大化される。宝物に宿るマナが魅力を高めてくれるんだ」

そして、ブレスレットを嵌めてあげると、

「へぇ、そうですか」

［ユラシア・ロゼルンの魅力値が上昇しました］
［ユラシア・ロゼルンの指揮が＋２になりました］

そう、ユラシアの魅力値は指揮力と深い関係にある。

彼女の場合は魅力値が高ければ高いほど人々が従うようになるから。

だから、この宝物はユラシアにぴったりなアイテム。

俺の予想通り、魅力を高めると彼女の指揮はなんと＋２も上昇した。

ただでさえ魅力で兵士たちを感化させる能力によって指揮力が高い彼女だ。

そんな指揮がさらに上昇してしまったのだ！

「よく似合ってるよ。黄金色の輝きが君の髪の色にもぴったりだし……まるで特注品みたいだ」

「そうですか？」

ユラシアはブレスレットをじっと眺めた。

でもまあ、それを外す気はなさそうだった。彼女の指揮が上がるのはいいことだ。

俺はそんな彼女をおいて再び宝物庫を見て回った。

やはり、宝物庫とはいってもアイテム級はほとんどない。

一通り見て調達できたのはユラシアの手首に嵌めたブレスレット。

そして、一本の剣だった。なんの細工もない土色の変わった剣。

色からすると鉄ではなさそうな気もしたが、叩いてみると紛《まぎ》れもなく鉄だった。

［無名の剣］

［古代に製造された剣］

［武力＋２］

ロッセードのように特別な付加効果はないが武力が＋２だった。

これだけでも価値の大きい宝物だ。一般武器にこのような効果はないから。

もちろん、+2という武力を見るなりジントのことが思い浮かんだ。

「ユラシア、この剣は……？」

「あ、それですか？　色が変でしょう？　とても古い剣だと父上が言っていました。ロッセードはロゼルン家代々伝わる宝物ですが、その剣は大陸十二家が古代王国エイントリアンを滅ぼした時に分け合った宝物のひとつだそうです」

大陸十二家。

かつてこの大陸を支配していた古代エイントリアン王国を滅ぼし、大陸を十二の国に分けて各自王となった家門《かもん》を言う。

「それじゃあ、かなり貴重なものだな」

「いいえ。古代王国時代のものを保管していただけです。必要であればどうぞ！」

ユラシアは迷うことなく承諾した。

「あっ、もしかして！　この剣に何か秘密でも？　鑑定眼を持っていると仰っていたので……！　見たところただの古い剣ですが……」

俺の肩に寄り添いながら不思議そうに剣を眺める。間近に迫ってきた彼女から漂ういい香りが嗅覚を刺激する。

「秘密があるかはわからないが、ただの古びた剣ではない。ジントにはまともな武器がないから戦争で使わせてもいいか？」

「どうぞ、そうしてください！」

そんな中、不思議そうに［無名の剣］を手に取って眺める彼女の指輪がまた目に留まった。

「ところで、その指輪は？」

［神聖なる指輪］
［古代の宝物］
・
システムに出てきた説明はたったそれだけ。付加効果の表示もなかった。だから、直接訊いてみるしかない。

彼女が身につけている指輪やペンダント。それらすべてが宝具だから。

いや、指輪に関しては宝具ではなく宝物か。使えるのは一度きりではないから。

「ああ、これは宝物庫の鍵です」

「使い道は鍵だけ？」

鍵なら俺も持っている。エイントリアン領主城の地下に財宝を保管している施設の鍵だ。

「私の知る限りではそれだけです。あとは、美しい指輪ってことくらいかしら？」

「そっか」

そういえば、これらの施設。

エイントリアン領主城。そして、ロゼルンの王宮。古代王国と十二家が建てた王国の地下に造られているのだとしたら。

これらの施設がゲームの特典や特級アイテム等と関連がありそうな気がした。

他の王宮にも似たような施設があるなら調査すべきではないか？

「もしかして、ブリジトの王も宝物を使ってるのか？」

「どうでしょう。聞いたことはありませんが。十二家が古代王国を滅ぼして分け合った宝物は、この土色の剣のようにどれも大したものではなさそうです」

本当に何もなければわざわざ分け合うはずがなかった。

見た目は悪いが何か秘密があるに違いない。それが後世にきちんと伝わっていないだけではないだろうか？

まあ、これについてはブリジトの王都を占領したら必ず確認すべきだ。

「とりあえず宝物庫はこのくらい見れば十分だ。兵営に移ろう。ブリジト撃破の戦略を説明するよ」

ブリジトの王を倒した後、すぐにブリジトの王都まで占領できる戦略。

そのイメージはすべて頭の中に描いてある。

さあ、反撃開始だ。

－第3章－　戦鬼の誕生

［獲得経験値一覧］
［戦略等級　B×2］
［D級でA級の相手に勝利　×4］

［レベル21になりました］

エランテを倒したことでレベルが19から21に二段階跳ね上がった。
19から20で300ポイント。
そして、20から21で300ポイントを獲得した。
既存の100ポイントを合わせると全部で700ポイントとなる。
高位のレベルになるほど次のレベルに上がるのに必要な経験値が増える。
×4の経験値を得てもレベルアップが二段階止まりなのはレベル20に到達したから。

まあ、それでも上がったということが大事だ。

700ポイントあるため、ひとまず武力を強化した。

［武力65になりました］

残ったのは400ポイント。どう使おうか悩んでスキル購入に入った。

今回の戦争で派手なスキルを使って士気を上げたから、攻撃スキルよりも実利のための防御スキルがひとつ欲しかった。

武力の高い武将が大勢いるようだし、作戦失敗したら逃げて命拾いができるような防御スキルが必要だ。

問題は、俺の思い通りにスキルを購入できるわけではないということ。

スキルをひとつ購入するとランダムに新たなスキルが生成されるシステムなのである。

攻撃スキルに関しては単体攻撃か範囲攻撃か、など多少の指定はできるものの、防御に関してはそれができない。

とはいえ生成されたスキルはどれも同等の力を持つので、要は使い勝手がいいかどうかだ。

それに何度も使うことでスキルの熟練度《じゅくれんど》、つまりレベルが上がって強化されるのだ。

とにかく、今必要なのは紛《まぎ》れもなく防御スキルだった。

だから、２００ポイントを使ってスキルを購入した。

[３０秒間無敵を獲得しました]

生成されたのは微妙なスキルだった。

その名の通り３０秒間だけあらゆる攻撃を弾《はじ》き返《かえ》すことができる。それに、自分だけではなく近くにいる誰かを無敵にすることもできるようだ。

確かに、有用なスキルではあるが……正直その時間に物足りなさを感じだ。

もっと長かったら良かったのに。

＊

「戯言を抜かすな！」

バウトールが鋭く睨《にら》みつけて訊《き》き直した。

「何度も確認しましたが事実のようです！」

その目つきに千人隊長が震え上がりながら答えると、

「2万の兵力が全滅してエランテまで死んだ？　ふざけるな！」

バウトールが千人隊長を蹴飛ばした。地面に転がった千人隊長はまた急いで跪《ひざまず》く。

それでも事実は曲げられないため彼はひたすら頭を下げ続けた。

「攻城戦を禁ずるよう言ったはずだ。一体どうしたら2万の兵力が全滅するというのだ！」

「陛下《へいか》、私もそこまでは……」

バウトールは抜き放った剣を振り回した。

そして、攻め落としたばかりのロナフ領の民を全員殺すよう命じた後、城に戻ってメイドたちを腹いせに殺し始める。

「たっ、助けてください！」

「きゃあああーっ！」

領主城にはしばらく悲鳴が響き渡った。殺戮《さつりく》を終えたバウトールは息巻いて独り呟《つぶや》く。

「エランテが……」

自分に最も忠誠を尽くし、これからの戦争でも活躍するはずだった三剣士のひとりだ。

エランテはこうも易々《やすやす》と殺されるような人物ではなかった。

よくも、俺の大切な部下を殺したな。

「エランテは、本当に死んだのか？」

怒りに身を震わせるバウトールの前に、状況を確認しようと動いていたイセンバハンが駆けつけてきて跪いた。

「本当のようです、陛下……」

「詳細は……？　一体誰に殺されたんだ⁉」

「そ、それが、まだ把握できていません。ですが、何としても明らかにします！」

イセンバハンのその言葉にバウトールは首を横に振った。

「もういい。その必要はない。すぐに王都に進撃する。殺してやる。全員殺してやる。ロゼルン王家を皆殺しにして、エランテの魂を慰めてやらねば！」

そう叫ぶバウトールは目を血走らせていた。

＊

ブリジト軍先遣隊の王都侵入を阻止してから俺が真っ先にやったのは王都周辺の食糧を処分することだった。

巨大都市といえる王都を取り囲む広大な田畑。

幸いにも稲と小麦は収穫の時期ではないが、畑となれば話は違う。

3万の兵力を投入し、近くのものは全部収穫して遠くのものはすべて燃やした。

そのままにしておけば敵の食糧となりかねないため仕方がない。

そして、すぐにロナフからブリジト軍が進撃を始めたという偵察兵の報告が入った。

俺にとってはむしろ朗報だった。敵が憤怒《ふんぬ》して急ぐほど我が軍には有利になるからだ。

エランテの死と2万の兵力の全滅で怒りを掻き立てられた王による無謀な行軍を切実に願った。

そして、その願いは現実となった。

敵軍は大急ぎで進軍してくると王都の城郭《じょうかく》の前に陣を構えたのだ。

[ブリジト王国軍]
[兵力：35500人]
[士気：90]
[訓練度：80]

よく訓練された兵力だけあって急な進軍にも戦列を崩さなかった。真っ先に到着したのは敵の鉄騎隊《てっきたい》。

しかし、攻城戦では鉄騎隊は何の役にも立たない。

少なくとも門が開くまでは。城門が開いて初めて鉄騎隊は活躍できる。

陣を構えたブリジト王国軍はすぐに王都の城郭に突撃してきた。

これも俺にとっては朗報。

ロナフから王都まで復讐心に燃えて休まず進撃してきたこと自体が俺の思惑《おもわく》通りだった。

急速な進撃。

これは敵の大きな失態だ。

その進撃の速さに補給部隊が速度を合わせることはできない。

つまり、兵糧《ひょうろう》をロナフに置いて戦闘部隊だけが進撃してきたのだ。

歩兵隊は当面の食糧だけを背負って走ったはず。

長期戦になったらロナフから補給を受けるつもりなのだろう。

だが、その考えは大きな過ちだった。

＊

「陛下、あれがロゼルンの王都です」

バウトールは王都の城郭を見ながら歯を食いしばる。まだ怒りが収まらなかった。

「ですが、敵がどうやってエランテを倒したのかを把握した上で突撃した方がよいかと」

参謀《さんぼう》イセンバハンは早まるバウトールにもう一度慎重になることを求めたが、三剣士のひとり、快剣のガネイフが彼を睨みつけて代わりに声を張り上げた。

「無礼だぞ！　そんなのは戦ってみればわかることだ！」

ガネイフの言葉にバウトールもうなずいた。

「そのとおりだ。イセンバハン、何度も同じことを言わせるな」

「……申し訳ございません！」

バウトールが睨みつけるとイセンバハンは慌てて下がった。

「だが、油断はならん。ガネイフを投入するつもりだ。兵士たちよ、ロゼルンの王都を占領するのだ！　全員血祭りにあげてやれ！」

王の命令と共にブリジトの歩兵隊が一斉《いっせい》に突撃を始めた。

＊

俺は城郭の上で敵軍を迎えた。

ロゼルン王国軍の士気は９２。宝物庫で見つけたリンキツによってユラシアの指揮力は９７となり、そのおかげか王国軍の士気が＋２も上がっていた。

ユラシアは今回もそんな王国軍を率《ひき》いて先頭で兵を指揮していた。

「矢を放て！　ありったけの矢を浴びせるのだ！　石も忘れるな！」

ユラシアの命令に従って各指揮官がそのように叫ぶと一斉《いっせい》に矢が放たれた。

ルナンの援軍も同じくそれに従った。

圧倒的に有利な状況。

訓練度はロゼルン王国軍もルナンの援軍も正直かなり低い。

だが、籠城戦《ろうじょうせん》は訓練度の低さを相殺してくれる大きな武器だった。

城郭という大きな盾と高い士気なら十分に勝算のある戦いとなる。

ロゼルンの王国軍とルナンの援軍を連合軍とすると、［連合軍29，443人］と［ブリジト王国軍35，500人］の戦闘が始まった。

我が軍が圧倒的に有利な戦闘！

敵は空から降り注ぐ矢の雨を迎えた。

突撃するブリジトの歩兵隊の悲鳴が大地に広がっていく。

歩兵隊の戦列の先頭が降り注ぐ矢の雨に倒れた。

［連合軍　29，443人］
［ブリジト王国軍　34，230人］

その攻撃で800人近い兵士を失ったブリジト。

敵はその犠牲を踏み台にして城壁に梯子《はしご》をかけることに成功した。

連合軍は矢を放ち続けて、梯子を登ってくる敵軍には石を浴びせる。

［連合軍 29，300人］
［ブリジト王国軍 32，110人］

連合軍の矢が尽きる頃にもなるとブリジト軍の数はさらに減っていた。

だが、矢の援護が消えると同時に梯子を登ってくる敵軍の数が増えたのだ。

一方、連合軍も必死で敵兵を阻止した。石を投げ落として城郭の上にたどりつけないよう槍と刀で突き落とす。

この戦闘が二時間以上も続いた。

俺もユラシアもジントも梯子を登ってきた敵を容赦《ようしゃ》なく斬り倒した。

当然ながらブリジト王国軍は被害を受けるばかりだった。

城郭の上からはブリジト軍の状況が一目でわかった。

ブリジト王国旗のはためくところに派手な鎧《よろい》を纏《まと》ったブリジトの王がいた。

視野に入れることさえできれば能力値を知ることができる！

［破砕《はさい》］を使おうとしても、距離が遠すぎるため使用不可というメッセージが表示されるが、能力を確かめる分には何の問題もなかった。

［バウトール・ブリジト］
［年齢：５４］
［武力：９３］
［知力：６９］
［指揮：９８］

強いカリスマ性と圧倒的な強権からなる９８の指揮力。
魅力と親和力で兵士たちを従わせるユラシアとは正反対だ。
武力も高い。
だが、武力数値をもう一段階上げた俺には十分戦える数値。
その隣に立っている大男も相当武力が高かった。

［ポホリゼン］
［年齢：２９］

［武力：９５］
［知力：４］
［指揮：５］

予めユラシアから聞いていたブリジト三剣士の一人、「爆剣」のポホリゼンだろう。

他の二人と若干違う二つ名がついているということは、何かそういうスキルを持っているると考えるのが自然だろう。

特徴的なのはエランテよりも大きな体と赤髪。まるで獣のようなそんな感じだった。

そう、獣そのものだ。狼や熊だと思えばいい。

武力は相当高いが知力は酷《ひど》いものだった。

このレベルなら武力が高くても熊を相手するようなものだった。

うまく頭を使えば相手しやすいレベルというわけだ。

そんなわけで王の護衛として使われているのだろう。

結局、大した問題ではない。

ただ、城に近づいてくる痩せ型の男は少し違った。

腰に四本もの剣を佩《は》いた、異様な雰囲気《ふんいき》の男。

［ガネイフ・カテキン］
［年齢：45］
［武力：97］
［知力：40］
［指揮：74］

快剣《かいけん》という称号があるだけに、その武力は異常に高かった。

さすが、ユラシアが三剣士の中で一番強いと評した人物なだけあるというか。

武力97なら、マナスキルを使えば完全にA級を越える。

今回の籠城戦で一番問題となる存在であることは間違いなかった。

ブリジト最強の男。

南部地域の武将の中でも一番ではないだろうか。

ブリジトにも三国志の呂布《りょふ》のような武将がひとりいたのだった。

まさにその男が梯子を登り始めた。

バウトールの作戦は、彼が城郭に登って混乱を生じさせることで他の兵士を活動しやすくするものだろう。

単純ではあるが、それを実行する人物がこれだけ強いとなれば厄介《やっかい》な作戦だった。

とはいえもちろん、こちらも対策をしていないわけがない。

「沸騰《ふっとう》した油を注いで石を投げ落とすのだ！」

俺の目配せを受けてフィハトリが兵士たちに命令を出した。

「エルヒン！　あの者こそが快剣と呼ばれるガネイフです！」

ユラシアはそのように叫んでロッセードを持ち直した。

結局、今回の戦いはガネイフを阻止できるかどうかで勝負が決まる。

だが、ガネイフを倒せるかについては俺もまったく確信が持てなかった。

能力値を確認したところ予想を上回る強さだったから。

それでも避けることはできない。

こいつは今超えなければいけない試練だということ！

兵が浴びせかけた油を避けるために、ガネイフは剣を城壁の隙間《すきま》に突き刺すと、その剣を通じてマナを放出し強い反動力を作って空に舞い上がった。城郭のはるか上に。しかし、その状態では重力に負けて地面に落ちるだけ。

まだ城郭の上に着地するには飛距離が足りていない。

そう考えていたが……ガネイフは空中で剣を振り回してマナを放出した。剣から出る強力なマナの爆風を推進力にして方向を調節し、城郭の上に着地したのだ。

＊

そんなガネイフに向かってユラシアがロッセードで斬りかかる。

ガネイフが着地しようとした瞬間を狙ったユラシアの攻撃！

その攻撃を阻止しようとガネイフも剣を振るった。

そのおかげでガネイフが着地した場所は欄干《らんかん》の上だった。

十分な推進力を得られなかったのだ。ユラシアの攻撃を阻止するために土壇場《どたんば》で剣の方向を変えたからだろう。

「一斉《いっせい》に飛びかかれ！　隙を与えるな！」

兵士たちが一気にガネイフのもとへ押し寄せる。欄干から下りて場所を取らせないための攻撃。

その先頭にはジントがいた。

ジントには宝物庫で見つけた［無名の剣］を渡してあった。

思いのほか重みのある攻撃にガネイフは表情を変えてジントと対峙《たいじ》する。

だが、武力差は否めない。

アイテムを装備してもジントの武力は９５。当然ながらジントが押され始めた。

俺が狙っていたのはまさにこの瞬間だった。

ガネイフがジントと戦うことに気を取られている今だ！

［破砕を使用しますか？］

特典込みの武力が95になったことで［破砕］の威力はなんと100！

S級の境地に達したスキルを使うために大通連《だいとおれん》を召喚した。

そんな中、ジントと戦っていたガネイフは急に剣を鞘に納めた。ジントはその隙を逃さず剣を振り回す。

俺もすかさず［破砕］を発動した。

すると、再び鞘に納めた剣を抜くガネイフ。

目に見えないほどの抜刀術《ばっとうじゅつ》！

それが彼の持つマナスキルなのか、抜剣すると強力な光の刃が噴き出した。

瞬間的にガネイフの武力が102を突破する。

彼の必殺技であることは間違いなかった。

俺は反射的にジントに向かって［30秒間無敵］を使った。

命がけの戦闘だが、他国の戦争でジントを失うつもりは毛頭ない。

ガネイフのマナスキルを［30秒間無敵］で相殺《そうさい》した後、［破砕］が彼の胸を貫く。

それが俺の作戦だった。

しかし、ガネイフは一瞬で［破砕］に気づいて体をひねる。

そしてジントに向いていた光の刃の方向を変えて［破砕］に当ててきたのだ。

なんという戦闘センス！

だが、急に方向を変えたせいで［破砕］を完全に弾き飛ばすことはできなかった。

その結果、胸をめがけて飛んでいった［破砕］は逸れてガネイフの肩を貫通し、左腕を吹き飛ばした。

彼が使ったスキルの威力は102。

もし、正面衝突していたら［破砕］は完全に消滅していただろうが、幸いにも怪我《けが》を負わせることができた。

さらに大通連が体をかすめた衝撃で欄干から押し出されて城壁から落下していった！

そんな中、ガネイフは帯剣していた4本のうち3本目の剣を抜くと地面に向かって振りかざした。すると、剣から放たれたマナが地面に風を巻き起こし、ガネイフの落下速度が遅くなる。

その結果、ガネイフは地面に激突はせずに着地に成功したが、そのまま倒れこんだ。

左腕が切断されて肉がぐちゃぐちゃになった断面から血が噴水のように噴き出る。

最後の力を振り絞ったのか血しぶきを上げて地面に倒れると、ブリジトの兵士たちが彼のもとに駆けつけた。

その様子は遠くからでも十分確認できたため敵陣では退却のラッパが鳴り始めた。

殺せなかったのは残念だが左腕を吹き飛ばした。

流れ出た血の量からしてすぐに回復できるような怪我ではない。

［連合軍　２８，７００人］
［ブリジト王国軍　３０，１１０人］

籠城戦の有利さがそのまま結果として現れた大勝利。

敵の数は大幅に減ったが我が軍にほとんど被害はなかった。

逃げる敵軍を見て我が軍は歓声を上げた。

「何よ、怪物じゃあるまいし……」

ユラシアは勝利の喜びも忘れて、死なずに生き延びたガネイフに向かって首を横に振った。

「殺せなかったが、でもこのくらいなら目的は達成だ」

俺はそんなユラシアを安心させながらも、

「ただ、もっと重要なのはこれから。本当の勝負はここからだ」

警戒心を解くことのないよう、活を入れた。

俺の言葉にユラシアは強くうなずく。

今日の勝利は本当に大したことない。

ここからが本番だった。

もちろん、本来の計画ではここでガネイフを殺すはずだった。ブリジトの王が城壁を攻撃するためにガネイフを活用することは予想していたからだ。

惜しくも殺せなかったが敵の要は大怪我を負ったため、このまま戦略を実行することに問題はないはずだ。

ここで躊躇《ためら》えばむしろこの戦争を早期に終わらせる機会を失うことになるだろう。

そのため、事前に話した通り王都はユラシアに任せて、俺は準備しておいた１０００人の騎兵隊《きへいたい》と共に敵が陣を構える南門の反対側に位置する北門から王都を出た。

敵も偵察《ていさつ》で我われの動きを把握できるだろうが、もはやばれても構わない。

ブリジト軍はすでに釣り竿にかかった魚も同然だ。

＊

「おのれ、よくも……！　よくも、よくも補給を断ってくれたな」

バウトールは参謀の報告を受けて腸《はらわた》が煮えくり返るほどの怒りを抑えきれずにいた。自信満々だった表情には陰りがさしている。

それもそのはず、王でさえ今日は食べ物をまったく口にできていないからだった。

周辺の畑を探すよう命じたが近くで食糧は見つからなかった。それでも、あまり遠くへ兵力を送ってしまうと奇襲部隊が攻撃してくる。だから、頭を抱えていた。

育ち始めたばかりの青々とした稲や小麦を食べるのは雑草を食べるのと変わらなかった。慣れない食べ物で腹痛を起こすだけ。

「補給部隊を警護するために送った兵まで全滅した状態です。とはいえ、そこに兵を送り続ければ……。王都を攻撃する兵力に支障をきたします！」

困った顔で参謀のイセンバハンがそう言った瞬間、新たな報告が入ってきた。

「今度は何だ！」

バウトールが声を荒げると、イセンバハンは躊躇いながらも口を開いた。

「それが……。先ほど補給の保護に送った鉄騎隊までも……消息が途絶えました……」

「何だと！　おのれぇぇぇぇえ！」

叫ぶバウトール。だが、そうするほどに空腹感は増すばかり。

「こうなったら、ポホリゼンを送ってみるのはどうでしょう？　彼なら……」

「だめだ。やつを送ったら自分の空腹を満たすために兵糧をすべて食べつくしてしまうかもしれない。いや、その前に敵に騙されて帰ってこれなくなるだろう！」

イセンバハンは王の話を聞くとすぐに同意した。ポホリゼンは何も考えず前に突き進む性格だからこういった作戦に適した人物ではなかったのだ。

弱り目に祟り目。

空腹に耐えながらの王都攻城戦は何の進展もなかった。攻撃を続けてはいるが兵力は減るばかり。

むしろ、今日は攻城兵器が全部燃えてしまった。

王が三日飢えていたのだから、一般兵士は三日以上何も食せていない。

進展がないのは当然の結果。

左腕を失って大量の血を流したガネイフはまだ目を覚ませずにいた。

だから、バウトールはただ怒ることしかできなかったのだ。

＊

三日間に及んだ籠城戦での勝利！
我が連合軍は今回の戦闘でむしろ士気が上がった。籠城戦の特性上、死傷者もそれほど多くない。

［連合軍］
［兵力：27，300人］
［訓練度：20］
［士気：95］

しかし、ブリジト王国軍には大きな変化が生じた。

［ブリジト王国軍］
［兵力：26，110人］
［訓練度：80］

［士気：50］

兵数が我が軍を下回ったのだ。続く敗北で多くの死者が発生したからだった。

それに加え、士気が90から50に急落した。

敗北が続けば士気が下がるのは当然だが、これだけ大幅に下がったのはもちろん飢えていたから。

エランテの死で憤慨《ふんがい》して飛び出したバウトールと兵士たちは補給を受けられずにいた。

俺はそんな敵の士気を更に蝕《むしば》んでいった。

ジントと俺が率いる1000人の騎兵隊は神出鬼没《しんしゅつきぼつ》の戦法で敵の補給部隊を破滅させた。

ロナフ城で偵察している連合軍兵士が俺に報告を入れると、その補給路は即座に潰した。

その結果、空腹に耐えられなくなったバウトールは5日目となる今日、我を折って目前まで迫った王都を離れロナフ城へ退却を始めた。

もちろん、これは97の指揮力で士気を落とすことなく王都を守り抜いたユラシアの功によるところが大きかった。

ブリジト王国軍にできることはただひとつ。ロナフ城で軍備を整えてからすべての兵糧を持ってロゼルン王都へ再び進撃すること。

もちろん、ブリジト軍が退却する前にロナフ城を占領することもできた。

先に占領して兵糧をすべて燃やすこともできたのだ。だが、そうしなかった。

あまり意味がなかったからだ。

俺がロナフ城を占領すればその報告を受けた敵は迂回して別の占領地に退却するはず。

いくら敵が飢えていても1000人の奇襲部隊でブリジト軍に勝つことはできない。

つまり、ロナフを占領したところで敵はまた別の領地へ行って食糧を集める。

そうなるくらいなら、王都から一番近いこのロナフで勝負をつけた方がましだった。

だから、敵がロナフ城へ退却していく様子を眺《なが》めた。

もちろん、ただ眺めていたわけではない。

すでに次の作戦は発動していた。

＊

バウトールはロナフ城に入る直前に連合軍の奇襲を受けた。

だが、その奇襲部隊はポホリゼンが一掃《いっそう》してしまった。

「見よ！　あの逃げ出す姿を！」

その姿を見ながらバウトールは大きく笑い出した。

精鋭である自分の軍の相手にならないということを確認できたのだから。

ロナフ城への退却中、バウトールの気分は最悪だった。

怒りが込み上げてきて一日も早くロゼルンの王都を掌握《しょうあく》したかったが、兵糧《ひょうろう》がないためどうにもならなかった。それについては早まった自分の失策だったため、ひとりで歯ぎしりばかりしていたバウトールだったが、奇襲を撃退して気勢が上がった。

「ガネイフがいなくても兵糧さえあれば王都の城門は開けられる。我われが戦ったロゼルン王国軍はあのように惰弱《だじゃく》な軍だ。おまけにばかでもある。補給部隊だけを狙わずロナフを奪還していれば、我われはさらに後方へ後退せざるをえなかったのに！」

「それもそうですね。ロナフに残しておいた兵力は、1000人と残りわずかでしたから」

イセンバハンがそれに同調して答えた。

「目の前の補給を断つことに汲々《きゅうきゅう》としてロナフにある食糧を処分するなんて考えは思いつかなかったのだろう。ばかめ」

バウトールは、今回の自分の過《あやま》ちを揉み消そうと敵の失策と思われる部分を挙《あ》げつらい、さらに大きな声で嘲笑した。

「すべては油断したせいだ。すぐに軍備を整え兵糧を持って再びロゼルン王都へ向かう。

もう油断はない。ロゼルンを破滅させてやる！」

後がない。すでに退却で自尊心を傷つけられたバウトールはロゼルン王都の陥落《かんらく》しか頭になかった。

参謀のイセンバハンとしては思ったより敵が強そうに見えたため、もう少し慎重に敵の戦略を検討してほしいと思っていたが、その話を切り出すことは不可能だった。

それは、バウトールの自尊心を傷つけることになる。イセンバハンにはその進言に命をかけるほどの勇気がなかった。

止める者のいなくなったバウトールはただ、「破滅させてやる」という呪詛《じゅそ》を吐き続けるだけだった。

＊

ロナフ城の前でブリジト王国軍を奇襲した理由は至って単純だった。

奇襲で混乱した隙に敵軍に紛れ込むためだ。

俺はジントと共に敵の軍服を着て敵兵に紛れ、占領されたロナフ城へと侵入した。

連合軍の指揮は一時的にユラシアとフィハトリに任せた。彼らには少し時間をおいてからロナフ城へと進軍し包囲するように命じてある。

ロナフ城の中で俺たちを気にする者はいなかった。

どうせ同じブリジト王国軍でも互いの顔を知るのは十人隊、多く見ても百人隊くらいだ。他の百人隊の兵士の顔は知らない。そもそも、王国軍というのは各領地から兵士を集めたものだから。

「兵営《へいえい》の隣の兵糧倉庫に兵糧を集めてある。みんな、ようやく食事にありつけるぞ！」

あまりの空腹に兵士たちは入城するなり兵糧倉庫に向かって突進した。完全に大荒れの状況。

軍隊は軍紀が命。

当然ながら、バウトールがそれを黙って見ているはずがなかった。

「陛下の厳命だ！　少しだけ我慢しろ。食事はすぐに配給される。各部隊は割り当てられた場所で待機するように。混乱を起こせば直ちに斬首するとの厳命だ。補給部隊を除いて兵糧倉庫から全員離れろ！」

バウトールの指示を受けた指揮官たちが大声で叫ぶと、兵士たちは不満を漏《も》らしながらも後退し始める。

そのおかげで兵糧倉庫の様子を確認することができた。

補給部隊の所属と推定される兵士たちが倉庫から兵糧を運び出して積み上げていた。

兵糧倉庫はかなり大きな建物だ。

「さっさとしろ！　明日また王都へ出発するという命令だ！」

バウトールは兵糧をすべて持って明日またすぐに移動するつもりのようだった。

だが、そうはさせない。

「おい！　さっさと部隊に戻れ！　斬り殺されたいのか？」

ずっと倉庫を眺めている俺とジントに向かって指揮官が声を荒げた。

俺が目配せするとジントはうなずいてその指揮官のもとへ走った。

そして、瞬《またた》く間に斬ってしまった。

同時に俺は倉庫の前に積み上げられた兵糧と補給部隊をめがけて［地響《じひび》き］を使った。

スキルによって倉庫の前が燃え始める。

補給部隊の兵士たちも燃えていく。

「ジント、倉庫の入口を守れ！」

うなずくジントを後にして俺は倉庫内へ飛び込んだ。

目的は当然ながらすべての兵糧を焼却すること！

＊

兵糧倉庫で燃え上がる炎。

イセンバハンは驚いて領主城を飛び出してきた。

「これは何事だ！」

「我が軍の軍服を着ていますが間者《かんじゃ》だと思われます。兵糧倉庫に侵入しました！」

「何だと？　なぜすぐに殺さない！」

「それが……」

もちろん、質問を受けた指揮官も同じことを考えていた。

実際に兵士たちが倉庫に突撃していた。

しかし、その建物の前に立っているのは他ならぬジント。

飛びかかっていく兵士たちの首が空中に舞うだけ。

左から右から、四方から攻めたが、飢えた王国軍の兵士ではジントを殺せなかった。

「一体、何だあいつは」

すぐにバウトールが怒った顔で現場に到着した。隣にはポホリゼンも一緒だった。

「たったふたりの敵も始末できずに兵糧が燃やされているとはどういうことだ！　くそっ、全員引っ込め。ポホリゼン、お前が行け。あいつを八《や》つ裂《ざ》きにして殺すのだ！」

バウトールの命令に兵士たちは分かれて道を作った。

「俺、腹が減った！　腹が減った！　腹が減った！」

ポホリゼンは首を揺らしながらそう叫んだ。

「あいつさえ殺せば腹いっぱい食わせてやる。だから殺せ、いいな?」

「あいつ? あいつさえ殺せば飯をくれるのか? 本当か?」

「ああ、そうだ」

「あいつ、殺す!」

飯というワードにポホリゼンはジントめがけて走り出した。

ふたりの剣が交錯《こうさく》すると大きな摩擦音《まさつおん》が周囲に響く。

「くあああっ! 死ね! 俺は腹が減った! だから、死ね!」

吠《ほ》え猛《たけ》りながら剣を振り回すポホリゼン。

だが、ジントと互角だった。ジントの実際の武力は93。[無名の剣]を使ったことで+2となり95になった状態。

武力はポホリゼンと互角だったが、向う見ずに突っ走るタイプのポホリゼンとの戦いではジントが有利だった。

ジントは本能的に敵の動きを計算して戦うスタイル。

死ぬどころかジントが全攻撃を受け止めるとポホリゼンは激怒して叫んだ。

「ぐあーっ、なぜ死なない。お前面倒だ。死ね。これは阻止できまい。爆炎波《ばくえんは》!」

そう言って両手で握った剣を上から下に大きく振り下ろす。剣が地面に触れるとジントの周りで物凄い爆発が起こった。

強力な爆発音！

スキルがジントを直撃するとバウトールは満足げにうなずいた。

「ポホリゼンの爆炎波には耐えられぬだろう。すぐに倉庫の消火にとりかかれ！」

バウトールはそう命令したが、爆炎波が生み出した爆発の煙をかき分けて倉庫に突進した兵士たちが悲鳴を上げながら出てきた。

煙が収まるとジントが姿を現した。

全身に軽い火傷を負ったもののジントは剣で最大限のマナを放出し爆炎波を耐え抜いた。

もちろん、自分が思っていた以上の力が出せたことをジント自身も不思議に思わないはずがなかった。

ジントは［無名の剣］を横目で見る。

神秘的な剣だとは思っていたが今はそれどころではなかった。

剣を構え直してポホリゼンを狙う。

＊

兵糧が大量にあったせいで全部燃やすのに思ったより時間がかかってしまった。

倉庫から出ると、苦戦していたのかジントは酷いありさまだった。

服と髪が全焼していたのだ。

ただ、それに比べてわりと肌の損傷はなかった。

彼が相手している敵はポホリゼン。

苦戦するのは当然だった。彼もまた三剣士と呼ばれる人物だから。

「ジント！　大丈夫か！」

ジントはすぐにうなずいて見せた。

「よし、挟撃だ。やつを殺して逃げるぞ！」

やるべきことはやった。だから、今は脱出が最優先。

俺はジントと共にポホリゼンに飛びかかった。

ポホリゼンは俺たちを殺そうと剣を振り回す。

だが、大通連を装備した俺の武力は９５。

ポホリゼンなど敵ではない。

［破砕］で勝負がつく話だが、その必要もなかった。

ジントがいるからだ。

俺が［攻撃］コマンドを使ってポホリゼンと剣を交えると、自由の身となったジントがその隙を突いてポホリゼンの後ろに回り込んだ。

速い！

快剣のガネイフほどではないが、ジントの攻撃スピードもかなり速い方だった。

「何っ、何だ、お前、いつの間に！」

当然ながらポホリゼンはジントに気を取られて後ろを振り向いた。俺に背を向けたのだ。

さすが知力10にも満たない武将。

彼のそんな行動を嘲笑しながら、俺はすぐに［攻撃］コマンドでやつの首を突き刺した。

そこから血が噴き出すと同時にジントもポホリゼンの胸を貫く。

前後から剣で貫かれて倒れたポホリゼンは二度と起き上がることはなかった。

「っ、早くやつらを殺せ！　殺した者には爵位《しゃくい》を与える！　何としても殺すのだ！」

すると、遠くから指揮していたバウトールが激憤して叫ぶ声が聞こえてきた。

まさか、爵位を与えるとまで言うとは。

その言葉に兵士たちが四方から飛びかかってきた。平民に爵位を与えるなんてことはまずない。逆にいえばそれだけ敵はこの状況に焦っている。

俺たちにとってそれはむしろチャンスだった。

バウトールが俺の視野に完全に入ってきたのだ。

ここで王を殺せるなら、それは最高の戦功だ。

そう、最高の戦功だろう。

「だが、今はまだ生きていてもらおう」

ブリジトの王はここで死んではならない。

ここで彼が死んだらブリジトはすぐにバウトールの息子や血縁を新しい王として戴き、防御態勢に入るだろう。

もちろんブリジト内部は混乱に陥るだろうが、完全な占領を考えると、ブリジト本国で王を殺すことが必須条件だった。

王は逃がしつつ、だが態勢が立て直せないよう兵はできる限り潰しておく。

だから迷わず、

［破砕を使用しますか？］

［破砕］を発動し、大通連を投げつけた。効果は気絶！

俺とバウトールの間にいた兵士たちは白い光を纏った大通連に全員弾き出されてしまった。

「……くっ」

バウトールは慌てて剣を抜いた。

だが、阻止することはできない。バウトールの武力は９３。

紛れもなく強敵。

だが［破砕］を使用した俺の武力は１００だ！

勝利を確信して思わず顔がにやけかけた……その瞬間。

突然現れた光の刃が大通連に激突した。

王をめがけて飛んでいった大通連は上空へと弾かれ、宙を舞った後地面に突き刺さった。

「ばかなっ……！」

思わず悪態をつく。

［破砕］を弾き飛ばす、つまり武力１００以上の攻撃を繰り出せる圧倒的強者。

それは今回の戦争でひとりだけだ。

俺は光の刃が飛んできた方向を見た。

やはりそこにはガネイフが立っていた。もちろん左腕はなく身体は包帯でぐるぐるに巻かれていた。

兵士たちに支えられながらも、こちらを睨みつけてくる。

負傷して弱っているため馬車の中で待機していたようだ。

純粋な武力と恐るべき忠誠心の高さは尊敬に値する。

だが、命じられるままに武器も持たない無辜《むこ》の民を虐殺し何も感じないような男は俺の部下として必要ない。

優れた能力があっても、この男はあくまで敵。

そして、その敵は既に満身創痍《まんしんそうい》。

残りのマナも先ほどのスキルで底をついているはず。

いくら武力が高かろうと、今の奴は脅威ではない。

ただ、口だけは達者だった。

「陛下をお守りしろ。城郭を守る必要はない。こいつらを殺せば我々の勝利だ！　今すぐここを幾重にも包囲しろ！」

俺やジントの敵にはなりそうにもない。

だが、それでもブリジト最強の武将らしく叫び続けることで兵士たちを動かそうとしていた。

兵士たちもガネイフの登場に勇気づけられたのか、ポホリゼンの死によって一層低下していた士気が少し戻り、動きが活発になり始めた。

それなら、まずガネイフを殺す。

「ジント、とにかく敵の数は果てしなく多い。あいつを殺して敵をさらに混乱させてから退却するぞ！」

ガネイフを殺して退却すれば敵は拠《よ》り所《どころ》がなくなる。

だから、退却さえできればすべて終わりだ。

「俺が退路を作る。何があろうと！」

ジントは俺の言葉にうなずくとガネイフに向かって突撃した。

って、いやいや。

一緒に行こうという話だったのだが。

困ったことにひとり突撃したジントはすぐに敵に包囲され、姿が見えなくなってしまった。

＊

ガネイフの登場も次々に集まる敵兵も、ジントの目には入ってこなかった。

死んでも退路を作る。

己に与えられた命令を、命がけで遂行する。

その一心だった。

エルヒンが無事に退却できるなら自分は死んでも構わないと思っていた。

「ジント、本当にこんな幸せでいいのかな？　私、まだ信じられないよ」

ミリネは生まれて初めての勉強をしながら、毎日ジントにそういった。

本を読むことが面白いと。学ぶことが楽しいと。

それは自分も同じだった。

どん底のどん底。

そんな自分にむしろ尊敬のまなざしを向ける兵士たち。

エイントリアンでは誰ひとりジントを軽蔑《けいべつ》しなかった。

人間として生きることができた。

人間らしく生きることができた。

たとえここで死んでもエルヒンはミリネの面倒を見てくれるだろう。

そう信じたからこそ命を捧げることには少しの躊躇《ためら》いもなかった。

ジントはただ一途に走った。

「矢を放て！」

弓兵を指揮する千人隊長の命令でガネイフの後ろから矢が降り注ぎ始めたがジントはものともせず進撃した。

「ジント！」

エルヒンは後からさらに別の命令を出すつもりだったのだ。

だが、ジントは駆け出してしまった。

もう一度呼んだが、すでに戦鬼と化したジントにエルヒンの呼ぶ声は届かなかった。

矢の雨はジントを阻止できなかった。

ジントは降り注ぐ矢を振り払い、ガネイフに接近した。

「貴様！」

ガネイフは声を荒げて剣を抜いた。

快剣と呼ばれたブリジト王国最強の男。

無名ながら戦功をあげた戦鬼。

ふたりの強者の激突は、呆気《あっけ》なく終わることとなった。

ガネイフにはジントを阻止できるほどのマナは残っていなかった。

戦場に立っていることすら、ただ不屈の精神力によるもの。

「どけ！」

ジントは交わろうとする剣の向きを変えると、いきなりガネイフの首を斬り飛ばしてしまった。

衰弱したままマナを回復する時間がなかったガネイフはジントの剣に歯が立たなかったのだ。

「貴様らぁあああ！！！　よくもガネイフを！　よくも！！！」

バウトールは無念だと言わんばかりに叫び散らした。

もちろん［破砕］に驚いたのか相当後ろまで下がった状態で。

実はジントとふたりで食糧焼却作戦を実行しながら俺には信ずるところがあとふたつあった。

［破砕］のような基本的なスキルの他に信ずるところがふたつ。

ひとつ目は［３０秒間無敵］だった。

新しく得たこのスキルなら重要な場面で退却するのに大いに役立つ。

まだ大通連が使えるため大通連を使ってジントに近づき、今度は［３０秒間無敵］を使って馬に乗り退却すれば少しは遠くまで逃げられるだろう。

だがそれだけでは足りない。

３０秒は短い。

だから、今必要なのはふたつ目のユラシアに借りた宝具《ほうぐ》だった。

強力な爆発を生み出すこの宝具があれば逃げる時に効果的に使えるはず。

もちろん、ジントがひとり包囲されて孤立したこの状況では使うことができなかった。

まずはジントと合流する必要がある。

いくら士気が下がって飢えた敵でも、数がこれだけ多いと慎重にならざるをえない。

大通連の効果時間には明白な限界もあるから。

宝具で道を作り城壁まで逃げて［30秒間無敵］で矢から身を守りながら逃げる！

そんな計画でジントのもとに駆けつけた。

ジントはその瞬間にも戦って斬ってを無限ループしていたから。

「どうして……！　ここは危険だ！　早く下がれ！」

ガネイフを殺してからもその勢いを失うことなく敵兵を蹴散らしていたジントが俺を見つけて叫んだ。

兵士たちが俺にまで攻撃を始めたため大通連で阻止したが、瞬く間に包囲され四方を敵に塞《ふさ》がれてしまった。

果てしない兵士の数。

「さっきの命令はひとりで突撃しろというわけではなかった。一緒に突撃するつもりだった」

俺はそう言ってひとまずこの辺で宝具を使おうとした。

もちろん、そんな中でも敵の攻撃は続いていたため大通連は休めなかった。

そのせいかジントは、

「くっ……何があっても、俺がお前の道を切り拓く！」

さらに悲壮《ひそう》な声で叫びながら［無名の剣］を振り回した。

すると、その時！

ジントの［無名の剣］が白い光を放つと同時に大地が地震でも起きたかのように揺れ出した。

土色の地面。

ジントが持つ［無名の剣］と同じ色の地面だ。

すると、驚くべきことにその土が剣と化していくつも飛びだしてきた。

それほど範囲は広くないが、ジントが発動させたこの奇妙なスキルの範囲内にいる兵士たちは全員足元を貫かれてことごとく倒れ込んだ。

さらに逃げ出す兵士さえもまるで誘導弾の如く浮かび上がった土の剣が果てしなく追いかけた。

［ジントの武力が＋1になりました。］

さらにその瞬間、彼の武力は93から94に上昇した。家臣《かしん》の成長！

しかも、ジントはA級の武将でありながらマナスキルを使えていなかった。

エルヒートがジントと対決した時になぜマナスキルを使わないのかと訊いていた。

あの日以来、ジントは随分《ずいぶん》悩んでいたようだが、結局使えていなかったのだ。

それが今発動した。

それが［無名の剣］によるものなのか、死を覚悟した精神力によるものなのか、それとも俺を助けようとする強烈な利他《りた》の心によるものなのか、それはわからないがこれだけは確かだった。

宝具を使うよりも確実に逃げ出せる状況が生まれたということ。

俺は混沌《こんとん》に陥った敵の間で、死んだ敵の指揮官が乗っていた馬に乗った。

「ジント！　後ろに乗れ！　早く！」

俺は馬を馳《は》せて自らもスキルに驚いた顔で立ちすくむジントのもとに駆けつけ乗せた。

スキルの威力に驚いた兵士たちは何もできないまま俺たちは順調に城門前まで逃げることができた。

バウトールはスキルの範囲外にいたがその威力に驚いてさらに後退してしまったため、もう俺たちを追うよう命令を下す存在もいなくなった。

完全に距離が広がった状況。

馬を捨て、そのまま城郭に駆け上った。

閉ざされた城門を開けるよりもこの方が手っ取り早かったからだ。

だから、城郭に登って叫んだ。

「ジント！　背中に乗れ！」

「え？」

「説明している時間はない！　とりあえず乗れ！」

訳がわからないジントを背中に乗せて城壁の下へ飛び降りた。

そして、［３０秒間無敵］を発動した。

ちょうどスキルポイントは１００しか残っていない。

これが切り札！

普通なら地面に着地した瞬間に足の骨が砕けるだろうが［３０秒間無敵］だから無敵だ。

おかげで難無く着地できた。

城郭の上まで後を追ってきたガネイフと敵兵は驚愕《きょうがく》して、それ以上は俺たちを追撃してこなかった。

それもそのはず。

俺たちの前にはロナフ城周辺を完全に包囲した我が軍がいたからだ。

ポホリゼンを殺してレベルが上がったことでまたポイントを獲得できた。

ポイントの使用は保留にしたまま俺のもとへ走ってくるフィハトリと合流した。

＊

城郭から飛び降りて軍と合流するなりジントを軍医のところへ送った後、作戦通りロナフを包囲してくれた我が軍に向かって命令を出した。

「ロナフ城全体を包囲、封鎖した後は、絶対に近づいてはならない。敵が出てきてもその場を離れるな。陣形は横陣だ。横陣を編成して城を包囲する！」

敵は城内で持ちこたえることは不可能だった。

兵糧がないため籠城しても飢え死にするだけ。

だから、出てくるしかなかったのだが、すでに彼らはもう五日以上飢えていた。

もし兵糧がある状態では敵は力を回復してから出てこようとしたはずだから、包囲したところで何の意味もない。むしろこっちが焦らされる。時間が経つほどに敵の士気が回復するだろうから。

だが、兵糧のない状態では逆だった。焦るのは敵。さらに、兵糧がないということだけでも敵はますますパニックに陥る。

兵糧が燃えるところを目の当たりにしたのだからなおさら。

［ブリジト王国軍］
［士気：10］

その結果、彼らの士気は10まで下がってしまった。

当然ながら敵は包囲を破って逃げるために出てくるだろう。

そうなればむしろ我われが有利となる。

いくら訓練度に差があるとはいえ、士気にこれだけ差が出れば野戦でも勝てる。

状況が逆転したのだ。

つまり、ロナフ城から出てこようとする敵の全滅を狙える状況。

士気以前の問題として敵は五日以上も飢えている。

戦う力など残ってもいなかったのだ。

もちろん、ブリジト王国軍も城内に長く留《とど》まるほど不利であるということはわかっていた。

だから、決断は速かった。

敵はやがて南門から出てきた。食糧のない状態でまた王都に進撃するのは無謀《むぼう》だということに気づいたのか向かった方向が逆だった。

王都がある北ではなく南だったのだ。

別の占領地に退却して食糧を得ようとしているのだろう。

「南門の横陣はそのまま維持する。それと、各方向の部隊はその後ろに駆けつけてさらに横陣を編成するように！」

横陣は難しい陣形ではない。訓練度が低くても維持できた。

幸いにも今はその最も簡単な陣形だけを使えばいい状況。

「攻撃してくる敵に向かっては矢を放て！」

士気が高ければ戦列を維持できたが10に過ぎない士気ではそれが不可能だった。

敵は防御態勢を整えられていない状態で矢にやられて数がみるみる減り始めた。

［ブリジト王国軍］

［兵力：19，231人］

［訓練度：80］

［士気：5］

残った敵の数は1万9231人。

「敵を殲滅《せんめつ》する！　敵はただの飢えた兵士だ、何も恐れることはない！　ただし、敵王バウトールは殺すな。逃してやれ」

俺はすべての矢を浴びせた後に突撃命令を出した。

すると、我が軍と敵が正面からぶつかり合う。

ユラシアに従って死んだ仲間の敵を討つという思いで歯を食いしばって戦うロゼルン王国軍の勢いは凄まじいものだった。

そして、その正面対決は三時間ほどが経過した時点ですでに結果が見えていた。

［連合軍　24，931人］
［ブリジト王国軍　4，311人］

大きな差が出始めた両軍。

敵は戦う意思を喪失して逃げ出し、差が開くにつれ一方的な追撃が始まった。

まさに圧倒的な勝利。

バウトール以外の敵軍全滅を狙ってわざと敵をロナフ城に閉じ込めた今回の戦略。

当然ながら命の危険はあった。

もう少し慎重になる必要があるということを悟った瞬間だった。

とにかく、その危機を乗り越えたからこそ勝利はしびれるもの。

もちろん、ここで終わらせるつもりはなかった。

―第4章― 接近するふたり

ロナフ城から脱出したバウトールを追うために編成した追撃隊には合流しなかった。あえてロナフ城でのブリジト軍殲滅戦からバウトールだけは解放したのだった。それこそがブリジトを俺が占領する戦略でもあったから。

そう、最後の作戦だった。

ついにこの戦争に終止符を打つ瞬間。

ルナンの王の前でブリジトを占領すると大言壮語《たいげんそうご》した時に真っ先に考え出した作戦でもあった。

ロゼルンで士気を上げて勝利を収めることさえできれば、あとは退却する敵に使おうとしていた作戦。

もちろん賭けだ。

賭けでもしなければ短期間でブリジト王国を壊滅させることは不可能だった。

いくら大勝を収めたとしても、逃げる敵を追って真っ向からブリジト王国へ攻め込めば、幾多《いくた》の領地をひとつずつ占領していかなければならない。

そんな正攻法とは違って成功すれば一発でブリジトを倒せる戦略！

賭けとはいえ、やってみるだけの価値がある。

俺はその作戦のためにルナン援軍の指揮官を招集して会議を開いた。

「全員知っていると思うが、ブリジト王国はロゼルンの南にあって、ロゼルンとブリジトの境界には巨大な山脈がある」

古代王国の滅亡後に建国されたロゼルンとブリジトはこの山脈の尾根に国境を引いた。

この山脈はクリル山脈と呼ばれ険難な山岳地帯を形成している。

「ブリジト王国とロゼルンの交流は山脈の東端となるロゼルンの南東部で行われていたが、敗退したブリジトの軍隊はまさにそこへ退却した」

ロゼルンの王都は王国の北西部にある。つまり、バウトールがロナフ城からブリジト王都に退却するには南東部へ行く必要があった。

さらに、ブリジト王国の王都も王国の南西部にある。北にクリル山脈、南に海岸地形を置く天然の要害《ようがい》に王都を作ったのだ。

そのため、ブリジトの王は険難な山岳地帯を迂回して、一旦クリル山脈の東端まで移動した後さらに西へと向かわなければならない。

「俺は退却する敵軍を追い越すつもりだ。ここ、ロゼルンの王都から南に直進してブリジトの王都に先回りし王都を占領した後、退却する敵軍を迎え撃つといった作戦だ」

王都の占領は偽装。つまり、退却したブリジト王国軍のふりをして先に敵の王都に入城するつもりだ。

敵の軍服は熾烈《しれつ》な戦闘が繰り広げられた現場に無数に散らばっていた。

「ですが、総大将！　クリル山脈は険難で有名です。ルナン王国までも知られているほどではありませんか！」

フィハトリが心配そうな口調で訊《き》いた。

「これは挑戦だ。逸早く国境を越えることができれば、ブリジトの王都を占領して王を殺害し、ブリジト全体を混乱に陥れて一挙に壊滅を狙える。そもそも、我われルナンの目的はブリジトではないか。成功した時のことを考えればやってみるだけの価値はある挑戦だ。それに、今の士気ならなし遂げられると俺は信じてる。いいか、フィハトリ。結局、兵士を率いて山脈を越えられるかどうかは指揮官の力量にかかっている。俺と君の役目ということだ。君は自分の限界を試してみる気はないか？」

俺の言葉にフィハトリはしばらくじっと何か考えている様子だったが、

「……そこまで仰るならやってみます。確かに、この作戦が成功すればブリジトの壊滅は時間の問題という話になるかと。王が死んで、三剣士が死んで、さらに大勢の兵士を失ったブリジト王国なら……」

「そういうことだ。公爵殿下《こうしやくでんか》にはそのように報告してくれ」

「それは……！　ご存知でしたか！」

フィハトリが驚いた顔で訊き返した。

「立場を考えれば君が殿下に報告するのは当然のことだろう。やるべきことはやって、しっかり備えるように。山脈の尾根付近は寒さは尋常ではないだろうから防寒着も忘れずにな。俺たちの戦いはここから始まるんだ、フィハトリ」

「私の軍歴を総動員して準備いたします」

フィハトリはそう言ってうなずくと他の指揮官たちと一緒に会議室を出て行った。

もちろん、簡単ではない。

だが、ハンニバルもポエニ戦争でアルプス山脈を越えて勝利をもたらした。

その上、クリル山脈がアルプス山脈よりも険《けわ》しいとは到底思えない。

それならやるしかない！

この世界を俺のものにするという目的のために。

そんなことを考えていると、他の指揮官が出て行くのを待っていたかのようにユラシアが口を開いた。

「それなら、私も一緒に行っていいですか？」

「君が？」

「はい。ぜひ、行かせてください！」

ユラシアが強くうなずく。

しかし、俺はあまり乗り気になれなかった。

わざわざ彼女がついてくるような戦争ではなかった。それに、この間の怪我《けが》にまだ包帯を巻いている彼女だから。

「ロゼルンの戦争は勝利に終わった。だから、王女の身分で危険を冒《おか》す必要はないと思う。それに君は怪我《けが》を負ってるだろ。そんな状態で山脈を越えるなんて……無理じゃないか？」

「いいえ。ブリジトはロゼルンの敵です。以前から国境の町では幾多の虐殺《ぎゃくさつ》が行われてきました。それだけを考えても、ブリジトの最期を見届けるのは当然の義務だと思います。お願いです。体を休めるのはその後でも十分です！」

まあ、それはそうだ。

いずれにせよ、今回の戦争は誰が何と言おうと彼女の奮闘が大きかった。彼女が士気を高めておかなければロゼルンの兵士たちを動かすことは難しかったし、こうも簡単に敵を窮地《きゅうち》に追い込むことはできなかったはず。

本人がそれだけ望んでいるのであれば断る口実はなかった。

＊

そうして始まったブリジトへの進軍。

山脈を登るにつれて気温が下がり始める。

クリル山脈を越えるうえで最大の問題はまさにこの寒さだった。

兵士たちにとって気温の低さは天敵。こっちの世界は基本的に一年を通じて温暖な気候で冬も暖かい。

だから、寒さに弱いのだ。

実際クリル山脈が難所と言われる所以《ゆえん》はこの寒さではないかと思われる。

だが、むしろ俺には日本の冬の方がもっと寒く感じた。

そのため、俺は十分に耐えられるくらいだが、寒さに弱い兵士たちは違った。

ぶるぶる震えながら寒さを訴える。まったく適応できていない様子だ。

急峻《きゅうしゅん》と聞いていた地形は思ったほどではなかった。

アルプス山脈ほどの高さはない。２０００ｍくらいだろうか。

高さそのものは富士山よりもはるかに低い。

もちろん、危険な地形ではあった。

俺には［30秒間無敵］があったが、崖から墜落したり落石で命を失う兵士もいた。

いくぶんか、兵士の数は減っていった。

寒さが兵士たちの動きを鈍らせたせいで滑落死《かつらくし》のような事故が発生するのだ。

夜になって行軍を止めるとフィハトリや他の指揮官たちもみんな身体を縮こまらせていた。

おかげで、なんとか上げておいた士気が下がりだした。

いつの間にか士気は70になっていた。

それでもブリジト王国を占領すれば手にできる生涯を保障してくれるという褒賞金のために耐えている様子。

焚き火をしても、炎に体を近づけなければまったく暖を取れない。

ジントさえもただ黙って身をすくめていた。

「大丈夫か？」

「ああ。これくらいどうってことないさ」

「震えてないか？」

「違う。これはわざと身体を動かしているんだ。震えてるわけじゃない」

「そうか」

どう見ても震えているが。意地を張っているようだ。

「総大将、これでも掛けておられた方が……」

そうしていると、フィハトリが毛布をどっさり持って俺のもとへやってきた。

「フィハトリ」

「何でしょう？」

「指揮官にとって一番大事なことは何だと思う？」

俺はそんな彼に多少唐突な質問を投げかけた。

「勇猛さだと思います。指揮官が恐れていてはどうにもなりませんから」

「もちろん、勇猛さも大事だ。だが、一番大事なのは何と言っても部下からの信頼ではないか？　信頼されていれば兵士たちは自《おの》ずと従うようになるからな。だから、俺には毛布は必要ない。兵たちに一枚でも多く配ってやれ」

指揮官ばかり毛布を使っていては兵士たちから妬《ねた》まれるだけ。

むしろ、総大将の俺も彼らと同じように苦労していることを示す必要があった。

士気が下がるのを食い止めるために何かしらするべきだったから。

俺は各千人隊を巡りながら兵士たちと行動を共にした。

一緒にご飯を食べて一緒に寒さに震えたのだ。

当然、毛布なんかは一切使わなかった。寒さに震えながら一緒に眠った。

それに加え、各千人隊を巡って演説もした。

モチベーションを上げるために。

「今日も歩くのに疲れたことだろう。俺も君たちと同じだ。ようやくありついた休息時間に集まってもらって悪いが、これだけは明らかにしておこう。辛《つら》いのはみんな同じだ。俺もそうだ。それでも、君たちと同じ条件で耐えてる。だから、君たちも耐えるのだ。今ここで耐え抜けば、ブリジトが我われの手に入る。それは、君たちが褒賞を手にできるということでもある。それに、山脈を越えブリジトを占領した兵士として、この大陸の歴史に名を残すことになるだろう。子孫に生涯誇れる歴史の生き証人となるのだ！」

受け取る褒賞金と帰還後の誇り。

それで兵士たちを励《はげ》まして回ったのだった。

そのおかげで不平を言う兵士は確実に減っていった。

兵士たちの目つきも変わって、それ以上は士気も下がらなかった。

一気に下がった士気も70を下回ることはなかった。

道なき道に踏み入って。

木を折ったり切ったりしながら。

寒さに耐えて歩き続け。

最後まで兵士たちと生活を共にした。もちろん大変だったが、それに打ち勝たないとブリジトは手にできないため辛抱した。

総大将だからといってどっさり毛布をかぶって姿を現さなければどうにもならない。

こうして士気の急低下を阻止してから今度は実質的な方法をとるために動いた。

少しでも暖かさを維持できれば、この頂上付近を何とか突破できるのではないだろうか？

そこで、俺は昔ネットで見た動画をひとつ思い浮かべてみた。うまくいくかはわからないが、試してみるだけの価値はある。

だから、また各部隊を巡った。

「フィハトリ！　人の頭の半分くらいの大きさの石だけを集めて焚き火で焼く。兵士たちと一緒にできるだけ多くの石を集めるんだ！」

「まさか、総大将！　その焼き石を抱えろと……？　火傷《やけど》しますよ！　それはちょっと危険かと……」

俺の言葉にフィハトリが驚愕して首を横に振った。

「それも悪くないな。どうだ、やってみるか？」

「そ、それは遠慮しておきます」

狼狽《ろうばい》するフィハトリ。

「当然だ。それを直接抱えたら熱くて火傷するだろ。熱くなった石を一カ所に集めて、焚き火を消すんだ。別の場所に焚き火を作り直して、火を消した場所の地面を掘る！」

俺はすぐに兵士たちと共に地面を掘り始めた。そして、すぐに掘り進める手を止める。穴が深すぎてはいけないから。

「熱くなった石をすべて穴に放り込め！」

焼き石は冷めにくい特性がある。つまり、熱を長持ちさせるということ。特に焚き火の下で温められた地面では。

「穴の上から土をかぶせるんだ！」

すぐに石の姿が見えなくなった。石を埋めた地面を触ってみたが結構良さそうだ。

「この上に寝転んでみろ」

焼き石を抱えろと言った時よりはるかに納得した顔のフィハトリが素早く寝転んだ。

「総大将……、温かいです！」

「そうか。でも、さっきまでは石は必要ないとか？」

「いいえ、こういうことでしたら話は別です！」

「わかったから、起きるんだ。貴族の面目があるだろ」

「そ、それが……」

「俺を含め指揮官は使用しないこと。兵士たちに譲れ！」

渋るフィハトリを引きずり起こして兵士たちに同じ方法で石を熱して地面を掘らせた。

もちろん、いくら石の熱が冷めにくいとはいえ時間の限界はある。

「交替で少しでも体を温めるように。10分でも寝転べば少しは温まるだろう」

それほど大きく役に立たなくとも。総大将が何かしようとする姿を見せるのが大事ではないか?

そんな姿を千人隊ごとに見せて回ると、さすがに士気が5上がってまた75になった。

＊

あらゆる手を尽くして兵士たちを督励《とくれい》したおかげか尾根を越えついに下山が始まった。

そして、山を下って行くほどに寒さから解放されていった。

もちろん、険しい地形のために幾分かの兵士を失ったがそれは想定の範囲内だ。

だが山脈を越えられるからといって、今まででであればそのままブリジトへと侵攻することは難しい。

普段であればブリジット王都には防衛のために大量の兵士が駐屯しているからだ。

だが、今は違う。

バウトール王自ら率いてロゼルンに侵攻したブリジトの大軍は壊滅し、そして三剣士は全員亡き者にした。

そしてバウトールは今山脈を迂回して退却しているため、王都への帰還はもうしばらくかかるだろう。

つまり、今ブリジト王都はもぬけの殻同然状態。

だから、バウトールより先に王都へ到着すればゲームセットだ。

敵の王都は山脈のすぐ麓《ふもと》にある。

その目標をめがけて急いで下山していると、

「え……？」

「どうかしたか？」

寒さの中、いるかいないかわからないくらいおとなしく後をついてきていたユラシアは突然立ち止まると首を大きく傾げた。

「その……。急に指輪から光が。宝物庫を開ける時しか光ったことないのに……」

確かに彼女の指輪からは白い光が放たれていた。

まさにその瞬間！

地震でも起きたかのように突然地盤が揺れ出す。

その地震によって彼女が立っている場所に地割れが走った。

地面が崩れ出すと彼女はその崖下に落ちてしまった。

ここで落ちたら死ぬしかない！

「フィハトリ、このまま進軍しろ！　ブリジトの王宮前で戦闘準備を整えておくんだ！

俺は王女を救助してから後を追う！」

とっさにそう叫んだ後、俺は迷わず崖から飛び降りた。

「総大将！」

もちろん、何の考えもなくこんなまねはしない。助かる確信もないのにこの高い崖から飛び降りるのはただのばかだ。

何しろ、俺にはスキルがある。

どこから落ちようと無事でいられるスキルが！

飛び降りた俺は落下途中の彼女をすぐに発見した。だが、かなり離れていた。

落下速度はほとんど同じだから、このままでは彼女に追いつくのは不可能だ。

そこで、俺は大通連を召喚し地面に向かって［破砕］を使った。

だが、今回はいつものように大通連を投擲せず、スキルのモーションだけを行う。

［破砕］によって推進力を得た大通連が俺の体を引っ張っていくように。

その結果、俺は空中で彼女に追いついた。

追いつく直前に効力を無効化させて彼女を抱きかかえた。

「ユラシア！」

「エルヒン……？　どうして……！」

「いいから、しっかり摑まれ！」

重要なのはタイミングだ。無敵の効果時間は30秒だから。

俺は地面に着地する瞬間に合わせて［30秒間無敵］を使った。

俺はまるで、階段を一段下りたかの如く平然と地面に着地した。

俺の体が何の衝撃も受けていないため抱えていたユラシアも当然無事だったのだ。

彼女は信じられないという目で俺を見た。

「こ、これは、一体……？」

「マナスキルさ。どこにでも着地できるスキル的な？」

「あっ、城郭《じょうかく》から飛び降りる時に使ったあれ！　ですが、いくら何でも……。そんなふうに迷わず飛び降りるなんて。危険すぎます！」

「西から日が昇るって言っても信じるんだろ？」

「え？」

「じゃあ信じろ。何があっても信じるんだ。救えるから飛び降りたんだ。救えるのに一緒に戦う仲間を見捨てるなんてとんでもない」

「え、ええっ……それは……」

ユラシアは軽く頬《ほお》を膨らませるようにしてじっと俺を見つめた。

前よりも明らかに表情が豊かになったような気がする。

ただ、その状態での沈黙に耐えられず彼女を地面におろした。

ユラシアは足が震えるのかそのまま座り込んだ。

俺は彼女をそのままにして崩れた崖を見た。

崖には巨大な門が出現し、白い光を放ちながらいまだに揺れていた。

その揺れによって崖の上では地震が発生していたのだ。

「それより、あの門について何か知ってるか？」

「いいえ……。初めて見ました」

彼女は巨大な門のマナの陣と共鳴するかのように光る指輪を見ながら言った。

指輪が反応したということ。

つまり、あの門は古代王国の遺物と深い関連があるということだろう。

それなら、このまま見過ごすわけにはいかない。

「じゃあ、門へ行って見よう。崖の上には登れそうにもないし……」

「そうですね！」

座り込んでいたユラシアは少し落ち着きを取り戻したのかうなずいて立ち上がった。

彼女と一緒に今もなお振動を発生している門の前まで行った。

「王宮の宝物庫のように開くか試してもいいですか？」

「うん、頼むよ」

俺がうなずくとユラシアは少し緊張した顔で門に手のひらを当てた。

門に描かれたマナの陣が光を放つと振動が止まって門が開いたのだ。

「えっ！ 本当に開きました！ でも、ここはブリジト王国の領土なのにどうしてロゼルンの宝物庫の鍵で……」

「その指輪は古代王国の宝物だから領土は関係ないんじゃないか？ 古代王国は大陸全体を領土とする国だったから」

「あぁ、なるほど！」

ジントにあげた［無名の剣］も古代王国の物だ。中に入れば得られるものがあるかもしれない。俺は興味をかき立てられた。

「ユラシア、剣を装備しろ。門の中に入ってみよう。なるべく慎重にな」

「わかりました」

宝物庫のように安全が保障された場所と確信できないため慎重に門の中に足を踏み入れた。

するると、門から奥へと続く通路の天井が光って暗闇を取り除いた。天井に描かれた小さなマナの陣が光っていたのだ。

「へぇ……」

緊張した顔でついてきたユラシアも不思議そうに洞窟を見回した。

「明かりがあってよかった……。他に脇道はないみたいだからとりあえず真直ぐ奥へ進んでみるか」
俺の言葉にユラシアがうなずいて、俺たちはしばらく通路を進んだ。
特に変わったこともなく一本道がひたすら続く。
天井に描かれたマナの陣もずっと続いていた。
30分はとっくに過ぎたため大通連の代わりに普通の剣を持つしかなかった。
こうなれば頼みの綱は［30秒間無敵］だけだ。
その［30秒間無敵］もあと1回しか使えない。
心許ない状況だったが何の危険も出口もないまま歩き続けるとついに変化が訪れた。
狭い一本道の果てにとても広い空間が見えたのだった。
俺たちは目を合わせた。
そして、互いにうなずく。
唾《つば》をごくりと飲み込みその空間に足を踏み出した。
まさにその瞬間！
「きゃあああっ！」
「うあっ！」
突然、地面が開いて俺たちは落下し始めた。
落とし穴！

呆れたことに古典的な罠に掛かってしまったのだ。

深さがわからない闇の中へ落下したため迷わず［30秒間無敵］を使った。

最後のスキルポイントだったが使わずにはいられない状況だった。

この穴の先に鋭い鉄槍や竹槍のようなものがあれば串刺しになって死ぬだけだから。

そして同時に崖から落ちる時のようにユラシアを抱きかかえた。

かなり近接して歩いていたこともあって［破砕］のようなスキルなしでも簡単に彼女を抱きしめることができた。

気のせいかもしれないが彼女に抱きつかれているような気分の中でやがて俺の背中が地面についた！

幸か不幸か、その備えは徒労に終わった。

着地した先は何もない地面だった。

開いた地面はすぐに閉まって穴の中には闇が訪れた。

何も見えない漆黒《しっこく》の闇。

何か摑めるものもない滑らかな壁。

穴が閉じる前に一瞬だけ見た天井は飛び上がれる高さでもない。

なす術もなく飢え死にさせるのにちょうどいい罠というか。

「ユラシア、大丈夫か？」

暗闇の中だから見えはしないが［30秒間無敵］を使い彼女を抱いた状態で俺が背中から落下したため、地面に寝転んだ俺の体の上にユラシアの体が重なった状態になった。ラブコメなんかによく出てくるまさにあの態勢だ。さらに、何だかもっちりと柔らかいものが存在感を発揮した。

「私は無事です。あなたこそ、私の下敷きになっているみたいですが……」

「俺も平気だ」

俺が上体を起こすと、不本意ながら俺たちは抱き合って座った姿勢になってしまった。さらにボリューム感のあるものに触れてしまった。この柔らかさは間違いなく胸の感触。

彼女の自己主張の強い胸のせいで頭が混乱して、それに彼女も驚いたのか俺たちは互いを突き放すように同時に離れた。

「そ、それより！　この穴は何でしょう？　暗くて何も見えないし……何だか……」

「暗いから怖いのか？」

「そうではありませんが、閉じ込められて暗いのは……」

それはそうだ。暗いこと自体は問題ないだろう。山で夜を過ごしても特に問題のなかった彼女だから。

それなら、閉所恐怖症とか？

「怖いというより嫌です。何も見えないから余計に独りぼっちな気がして……。父上が亡くなってからはいつもひとりのような気分で生きてきましたから。弟が王になってからは弟として接することはできなくなってしまいましたし……」

「大丈夫だ。閉じ込められたけど独りじゃないだろ？」

「……そんなふうに言ったら！　ほんと……悪い人！　さすが悪徳領主ですね」

「なんでそうなるんだよ。ひとりじゃないって言っただけだろ」

そう訊くと、

「な、なんでもありません！」

ユラシアは慌てた声でそう叫んだ。表情が見えないから急にどうしたのかわからないが。

「殿下って変だな。まあとにかく戦争中にこんな静かな時間が訪れるなんてむしろ幸運じゃないか？」

「エルヒン。なにを言ってるんですか。罠に掛かったのに幸運ですって？」

暗闇でさえなければ困惑したユラシアの素直な表情を見れただろうが今はただ声が聞こえるだけ。

「むしろ閉じ込められたおかげで俺たちがこうして話すようになったじゃないか。ふたりだけの時間か……俺は嬉しいけどな。いつもは兵士たちと行動を共にするからこんな時間もなかったし」

「もう、ばかっ！　そんなこと言ったら……それより殿下って呼ばれるの嫌です。ユラシアって呼んでください」

「え？　俺ずっとユラシアって呼んでなかったっけ？」

「さっきは殿下って……！」

それはふざけて言っただけだ。

「さっきのあれは君が変だってことを強調するためにふざけて。俺は君を殿下として扱うのが嫌だから公的な場でなければユラシアって呼ぶつもりだけど？　それがエイントリアンでの賭けで勝った俺の権利でもあるし」

「あなた……闇の中でロッセードに刺されたいですか？」

俺の言葉にユラシアが冷えきった口調でそう答えた。それは勘弁してくれ。今の状況じゃ防御もできずに死んでしまうから。

それでも肩を寄せ合ってぴったりくっついているのは互いを信頼しているからだろうけど……。

俺はゲームの中の彼女の人性とこれまでの彼女の姿を見て信頼を置いているのだが。

ユラシアの方はどのくらい俺を信頼してくれているのかはわからないが、これだけ密着してるってことは多少の信頼は存在するようだ。

　それは正直悪い気がしない。

「でも……」

「ん？」

「そんなふうに名前で呼んでくれて、私を王女として扱わない人は初めてなので。あなたって本当に悪徳です」

　言葉のニュアンスは誉めているようだったが最後のは何なんだ。

「なんでずっと悪徳なんだよ。一緒に国まで救ったっていうのに！」

「それは尊敬してます！」

　ユラシアが力強く叫んだ。尊敬か。

　彼女という人材を俺の家臣《かしん》にすることだけが目的なら尊敬の心は悪い感情ではない。むしろ歓迎だ。

　だが何だか少し物足りなかった。

　いや、少しどころじゃない。

「それよりエルヒン……」

「ん？」

　ユラシアが急に深刻な口調で話し始めた。

「ひとりで脱出できるスキルのようなものがあるなら私のことは気にせずにどうぞひと

りで先に行ってください！　足手まといになりたくありませんから」

もちろんそれには戸惑《とまど》った。俺ひとりでどこへ行くって言うんだ。そんなことを考えていたのか？

「今まで俺が言ってきたことを忘れたのか？　またそんなことを言ったら本当に怒るぞ」

「……でも！」

「ここに閉じ込められたのが幸運かもしれないって言ったのは、脱出する方法があるからだ。俺たちは無事にここから抜け出すことができる。もちろん、そのためにはマナの回復を待たなくてはいけないから少し時間はかかるけど。5時間もあればまたスキルが使えるようになるから脱出できると思う」

「それは、本当ですか？」

「こんなことで嘘はつかないさ」

「それならいいですけど」

そう。5時間。

5時間後には破砕をもう一度使うことができた。破砕が回復したら、あの閉ざされた天井を破壊して脱出するつもりだった。

「でも、怒るだなんて……。ぷふっ！」

その時。

闇の中でわずかに笑い声が聞こえた。

これまで彼女の表情は一貫して変わらなかった。

国の命運をひとりで背負った孤独な王女の姿そのものというか。

そんな彼女が笑うなんて！

「ユラシア、今笑ったよな？」

「だって！　今怒るだなんて、緊張感がなくなるじゃないですか……！　そんなの幼い頃に父上から言われて以来です……。今まで私が演技してきた意味が……」

「今さりげなく凄いこと言わなかったか？　さっきまでの顔は演技だったのか？」

「はい。王女として生きていくための演技といいますか。父上が言ったんです。見くびられないように常に威厳を保てと。そのうちに表情がこわばるようになったんです。それで人前では演技をするようになりました」

「じゃあ、笑ったってことはもう演技はやめたってこと？」

「ひとまず、あなたの前でだけは」

「俺の前でだけ？」

「はい。父上よりも尊敬できる人なら……構いません。昔からそう決めていましたから。私は信じることにした人には従います。信じろというあなたを私は信じることにしたのて従います。だから、逃げたりしないでくださいね」

「逃げたりするかよ。何があっても俺は君のそばにいる」

彼女の高い指揮力と魅力。それが戦争に大きく役立つってことはともかく、そばにいてくれるとありがたい。

「そ、そんな……プロポーズじゃないんですから！」

「あっ……そっか。今のはなし！」

考えてみたらそうだ。ずっとそばにいるだなんて俺は今何を言ってるんだか。おかげで何を話したらいいかわからなくなってしまった。

ふたりの間にはしばらく沈黙が流れた。

「って、またさりげなく笑ったよな？　今、笑い声こらえただろ！」

「違いますっ！　思わず言葉を失っただけです。あなたといると何だか自分が変な感じです……私のほっぺを引っ張って強引に笑わせようとしたあの時から！」

「あれは悪かったよ」

そう、笑った顔が見たかった。でもよりによって暗闇の中で笑うなんて。笑顔を見られなくて損した気分だ。

「それはすいませんでした。まあそれより今は少し休もう。スキル回復まで5時間も残ってるから疲労を回復するチャンスだ。俺もだけど君も極寒の山での進軍でまともに睡眠をとれてなかっただろ？」

そう。ここは寒くもなく休むには最適な場所だった。暗闇に閉じ込められた状態だが、逆に他の危険はまったくないという意味でもあるから。

「そうしますか」

その快《こころよ》い返事を聞いて、俺は壁にもたれて目を閉じた。

すると、どっと疲れが押し寄せてきた。

睡魔《すいま》が俺を襲ったのだ。

＊

目が覚めると、俺の肩にもたれて彼女が眠っていた。

おそらく、眠くてうとうとしているうちに自然とこうなったのだろう。

「こうしていれば、お姫様って感じなのにな……」

まあ、確かに。

俺よりも疲れているのは彼女だろう。

山ではもちろん、戦争中はずっと、ろくに寝ていない彼女だ。

彼女を起こさないようにしたままひとまずシステムを確認した。

システムのメッセージはそれ自体が光っているためまったく問題なく読めた。

確認すると［破砕］は回復していた。

脱出できるようになったということ。

その動きのせいか、彼女の顔が俺の肩からずれ落ちて、

「はっ……！」

彼女は授業中に居眠りしかけた高校生のような声を出して目を覚ました。

「起きたか？」

「私、寝てました？」

「うん。ぐっすり寝てたけど？」

「……そ、そうですか」

「それより、マナが回復した。そろそろここから出よう」

彼女も目覚めたし、これ以上ここに留まる理由もなかった。俺はすぐに立ち上がった。

［破砕］を落とし穴の天井にぶち込むつもりだ。地面が開く罠だ。その開閉する部分を破壊して外に出る！

破砕の角度を45度の方向に定めた。

「ユラシア。俺の体にしっかりつかまって。何があっても離すなよ」

「ここですか？　もっと上かな？」

「そこでいい。しっかりつかまれ！」

その後すぐに［破砕］を発動した。俺たちの体は破砕の動きによって一瞬で破壊した穴の天井の上に飛び上がった。

そして、ようやく罠から抜け出した。

通路の天井のマナの陣から流れ出る光が俺たちを迎える。闇の果てに現れた光が嬉しすぎた。

「うわぁ、すごい！　あの必殺技をこんなふうにも使うなんて」

「だろ？　だからって惚れるなよ？　殿下は俺のタイプじゃないから」

そう言って肩を聳《そび》やかすと、ユラシアは怒って手を振り上げた。

「急になんてこと言うんですか！　私だって、あなたはタイプじゃありませんから！」

何だか明らかに前とは違う。感情をあらわにするようになった。

「殿下、よだれ垂れてますけど？」

ユラシアが俺の指摘に驚愕した表情で顔を背けた。

驚愕しながらも恥ずかしがる表情。生身の人間の自然な表情だった。

罠の中では一瞬笑ったが暗くて顔は見えなかった。

だから、こんなにも表情が豊かなのは初めて見た。

やはり感情のこもった彼女の顔は、これまでのこわばった表情とは全然違っていた。

それまでは可愛い人形を見ている気分だったが今は人形に生命力が宿った感じというか。

「そそ、そんなはず！」

「疲れてるしそういう時もあるよ。それより、いつものこわばった表情じゃない、そんな表情は初めて見るけど……。やっぱり、その方がぜんぜん可愛いな」

「そんなことありません！　それに、可愛いって……タイプじゃないって言っておきながら、何ですか！　これは無効です！　それに殿下じゃなくてユラシアです！」

「ふざけて殿下って呼んだだけだろ？　違いますか？　よだれ垂らしの殿下！」

「クッ……悪徳なんだから！」

手をあげながら怒った顔をしても今の状況では可愛く見えるだけ。

「とにかく、そんなことより今は奥へ進んでみよう。念のため地面を剣で探《さぐ》りながら前進するんだ」

俺たちは用心深く移動を始めた。

そして、やがて俺たちの前に現れたのは巨大なホールだった。

ホールの床には巨大なマナの陣が描かれていたため一見してただならぬ場所だとわかった。

ユラシアの指輪は静かだった。

指輪が反応するのはどうやら門だけのようだ。

一緒に入ってきたユラシアは辺りを見回すと首を傾げて言った。

「ここ、何だか少し変です」

「変って？　何か感じるのか？」

「空気中のマナの量が違うんです。マナがとても濃いというか……」

マナが濃いだと？　他の場所よりもマナが多いということか？

マナを感じることができないからわからない。

「マナが多いってことはいいことじゃないのか？　修行するにはいいだろ？」

「マナが多いので消費したマナはすぐに回復しますが、体内に集められるマナの最大値は才能の領域なので。もちろん、才能がなくても長い修行を経て最大値が増えることはあるかもしれませんが、空気中にマナが多いからと短時間で増えるなんてことは……」

まあ、それはそうだ。最大マナ量を増やすこと自体が能力上昇を意味する。さらに多くのマナを体内に貯められるようになるということだから。

Ａ級とＢ級の武将では体内に貯められるマナの最大値が確実に違うのだ。

「えええええっ！」

しかし、今度はさっきよりも妙な反応。刻々と彼女の反応は変わっていった。

「変です。マナが……体内のマナが激しく揺れています……！　あら？　えっ？」

ユラシアは立ったまま目を閉じた。

同時に、床に描かれた巨大なマナの陣が白く光り出す！

ユラシアはその流れに身を任せて手を前に差し出した。

すると、彼女の手の上に青く光る丸いエネルギーの塊が出現した。

青は彼女の持つマナの色。

その青いマナの塊が手のひらに吸い込まれた、その瞬間！

ユラシアの能力値に変化が生じた。

87だった武力が89になったのだ。

なんと、一気に＋2も上昇した。

「今、マナの最大値が増えたよな？」

「はい。体内にマナが入ってきて……最大値が増えました。一体、これはどういうことでしょう……？」

ユラシアはかなり驚いた顔で俺を見た。

知るかよ。マナすら感じ取れないのに訊かれても俺が答えられることはなかった。

「ところで、一気にマナが増えてからは全然マナを感じられません」

「全然？　まったく？」

こくり。

強くうなずく彼女。

それなら、このマナの陣はマナの最大値を増やす効果があるということになる。

ゲームにはなかったが、追加クエストや追加特典のようなものだろうか？

さらに、マナの陣はまだ光っていた。

また別の人もマナを増やせるということだ。

だから、俺もできるということ。

だが、俺は実際にマナを使っているわけではない。

そのため、ユラシアとは違って俺には何の変化も起こらなかった。

システムを作動させたままどんなに見つめても変化のない状況。

「あなたは？」

ユラシアがそう言って俺に近づいてきたが返事に困った。

大通連はどうだろうか？

大通連も白い光を放つアイテムだ。そして、レベルのあるアイテムでもあった。

マナの陣も白い光を放っている。つまり、同じ系列だった。

特典の大通連も、このマナの陣もゲームの運営が生み出したもの！

俺でだめならこれでも試してみるか、という思いで落とし穴からの脱出に使ったまま出現させている大通連をマナの陣に突き刺した。

すると、変化が起こった。

大通連が白い光を放つのは破砕を使う時だけ。

しかし、マナの陣と共鳴しながら大通連が強力な白い光を放ち始めた。

さらに、その白い光は無数の細かい光の粒子《りゅうし》を作ると俺たちのいる空間を埋め尽くした。


そして、次々とメッセージが現れた！

［大通連がレベル2になりました］
［大通連の武力上限が105になりました］

［真・破砕が生成されました］
［武力＋5までの敵に限り即死または気絶させることができる］
［相手のマナスキルを無力化する］
武力上限は105。
大通連は30分間俺の武力を＋30にしてくれる。

だが、＋３０の限界数値がこれまでは１００だった。

つまり、武力７０になった状態で大通連を装備すれば武力は１００になるが、武力が７１になっても１０１にはならず武力の最大値は１００に固定されていたのだ。

その武力の制限が５も上がった。

つまり、武力７５になった状態で大通連を装備すると俺の武力は１０５になる。

Ｓ級の中でも上位になるというわけだ。

もちろん、この場合も武力が７６になっても大通連を装備後の武力は１０５に固定される。

大通連がレベル３になれば、また限界数値は高まるだろう。

だから、これについては十分納得できた。

しかし、新たに生成された必殺技の、相手のマナスキルを無力化するというものが、どういう意味なのかは曖昧《あいまい》だった。

無力化して攻撃するということなのか、それとも無力化するだけなのか。

そういえばゲームでは、攻撃と防御が一体となった技はでてこなかった。

「へぇ……。不思議ね」

ユラシアはホールを埋め尽くした白く煌《きら》めく光を眺めながら幸せそうな顔をした。

その煌めく光の背景によって、彼女はまるで女神のように輝いて見える。

タイプじゃないなんて。

正直、そんなことはない。

彼女の魅力なら世界中の男たちを虜《とりこ》にできるのではないだろうか。

もし、彼女が俺の元いた世界の人間だったら、トップスターの座に就《つ》けるほどの美しさ。

それに加えて、彼女は高貴さまで兼ね備えていた。実際にも、王女という高貴さが倍加して人々が高嶺の花だと思うような美貌を誇っていたのだ。

もちろん、俺にとっても高嶺の花だ。

この世界はゲームのような現実。

だから、大陸を統一することが何よりも先だ。

統一というものは恋愛までしながら成し遂げられるものではないと思うから。

だから、今俺が最優先で為《な》すべきことはこの世界の攻略。

それを完遂《かんすい》しておくことで未来が見えてくるだろう。

俺のいた世界に戻るか、それともこの世界で生きていくか。まあ、そんなことだ。

攻略すれば選択肢が出てくるのではないだろうか？

ゲームだった世界だ。そういった選択肢も出てきてくれないと。

とにかく、その女神は光を吸収する大通連を不思議そうに眺めながら、俺の隣にぴったりくっついて話しかけてきた。

「私より光が100倍はすごかったけど……。もしかして！　100倍強くなったんですか？」

自分のことのように期待の眼差《まなざ》しで訊く彼女。

「いや、そんなわけないだろ。ほんの少しだけ？」

大通連のレベルが上がるとマナの陣の光も消えた。起動を停止したのだ。

そうなると、人数制限は2人ということ？

マナの陣の放ったマナが全部消費されたということだろうから。

それなら。

もしかしたら、他の王国にもこういった場所があるのかもしれない。

その可能性は高かった。ユラシアの指輪に反応したということは古代王国時代に作られたということで、もしそうであれば、最南端のブリジト方面の一か所だけに作られたというはずはない。

昔の古代王国の王都のようなところにもっとすごいものが隠された施設があるなら？

それはとてもいいことだ。

そんなものを見つけたら自分だけでなく家臣の能力を才能限界値まで育てることができるではないか。

ゲームではアイテムで部下の能力を上げることができたが、そんな育成の楽しさもそのまま残っているということなのか？

それなら、これらはすべて特典なのではと思った。

古代王国と関連するものはすべてだ。

問題はその施設の場所がわからないということ。

そういえば、十二家がそれぞれ分け合った宝物というもの。

つまり、ジントの［無名の剣］を含む古代王国の１２の宝物が、もしかしたらその場所に導いてくれるヒントなのだろうか？

いや、待てよ。１２の宝物がただのヒントなはずがないか。

うーん。

まったく見当がつかない。

この施設を見つけたのはユラシアの指輪だ。

エイントリアン領主城の地下にある金塊保管庫に入るためのペンダント型のアイテムはこういった施設にはまったく反応しなかった。

だから、領主城にある施設は古代王国時代に作られたものではないということだろう。

古代王国の滅亡《めつぼう》後、その栄光を再現しようとするエイントリアンの子孫たちが集め蓄《たくわ》えた財宝なのだから。

　だから、こんな場所を見つけて中に入れるのは、今のところユラシアの指輪だけということになる。

「ユラシア。その指輪……。今度貸してもらえないか？」

「これですか？　もちろん、私はかまわないのですが……」

「そうか！」

「でも、だめです」

　貸せるのにだめってどういうことだよ。

　そんなことを思っていると、彼女は俺の目の前に指を差し出した。

「これ、私が嵌《は》めてから抜けないんです。父上も何とか外そうとしていましたが……」

「え？　本当に？」

「はい。本来、この指輪は宝物庫の鍵だとばかり思っていましたし、だからこそ王である弟が持つべきなんですが……。一度嵌めてみたら抜けなくて、それで私が持つことになったといいますか……」

　そっと彼女の手を取って指輪を外そうとしてみた。

　確かに、彼女の言うようにびくともしない。すっかり指と一体化したような感じだ。

　それはつまり、特典の秘密を握っているのは彼女だけということ？

　他に指輪がなければの話だ。

「そんなに切実な表情を浮かべるほど必要ですか？　これが？」

「いや、まあ……」

特典に関係していることから思わず切実な顔になってしまったようだ。

「では、切断して差しあげます。指なんか一本なくても死にませんから」

ユラシアは平然とそう言いながらロッセードを手にした。

「ちょ、ちょっと、落ち着け。何てこと言うんだよ。必要な時に手伝ってくれればいいだけなのに、指を切断するだなんて」

「そうですか？」

「いや、そうだろ。だから、そんなおかしなこと言うなよな。君の指をもらってもそれはちょっと……」

「ふんっ！　タイプでもない女の指は必要ないとでも？」

いや、タイプとかの話じゃなくて、指は必要ない。

ずっと自分の指を見つめる彼女。

そのままにしておいたら本当に切断しそうだから話をそらした。

「とにかく、ひとまず移動しよう。ここが本当に古代王国時代につくられたものだとしたら、きっとブリジト側に通じる出口があるはずだ」

この施設がエイントリアン領やロゼルン王都の宝物庫と同じタイプのものならば、おそらくこの場所もブリジト王都のどこかと接続されているはず。

だとすればその接続ポイントから王都に侵入すれば、一度引き返して連合軍を追いかけるよりも確実にブリジトの息の根を止められるだろう。

危うい賭けかもしれないが、不思議と俺はこの賭けに勝利できる確信があった。

＊

そうして歩き続けた俺たちはさらに半日ほど歩いてようやく出口に辿り着いた。

その出口は予想通り、ブリジトの王宮の壁と接続していた。

壁の奥がこんな隠し通路になっているとは誰も思わなかったようで俺たちがいきなり登場すると全員が驚愕した。

「侵入者だ！　刺客だ！」

そんなことを言いながら王宮の守備隊が出動したがユラシアの武力と大通連を使った俺の武力には勝てなかった。

全滅させることではなく逃げることを目的とした俺たちの行く手を阻むのは不可能だったということ。

「大丈夫か、ユラシア」

「はい！　ロゼルンの恨《うら》みを晴らします！」

「よし、じゃあこのままの勢いで城門まで行こう」

俺たちは王宮を脱出して王都の城門まで逃げた。

そう、あの秘密の遺跡がブリジトの王宮内に繋がっていたため話はかえって簡単だった。

かつてリノン城で城門を開けて奮闘を繰り広げた時よりも。

ブリジト王都の兵力のほとんどをバウトールが率いて出陣したため王宮の守備隊の数はリノン城の時とは比べものにならないほど少なかったからだ。

俺はフィハトリに命令していた。

山脈を下ってブリジトの王宮の前で陣を張れと。

ある意味これは彼が本当に優れた人材かどうかを試すことにもなった。

軍を率いて俺の力になれる人材かどうか。

ジントには軍を率いる才能はないから。

そんな気持ちで城門へ進撃して門を開けた。ブリジトの王都、その巨大な城門がゆっくりと開き始めた。

主のいない城。いわゆる空き家だ。

「ユラシア、もう戦わなくてもよさそうだ。外を見ろ」

城門の外を見た俺は確信した。

やはりフィハトリはローネン派とはいえ相当な腕前の指揮官であるということを。

「あら？」

ユラシアも俺のもとへ近づいて来て外を眺めた。

おそらく彼女の目にも映ったであろう。

先頭に立つ武将フィハトリの姿とルナン軍の巨大な旗が。

そして、フィハトリと目が合って俺がそっとうなずくと、

「全軍、城門の中へ進撃するぞ！」

彼は山脈を越えてきたルナンの軍隊に進撃を命じた。

その命令が下される前からすでにジントは駆け出していたためブリジトの王都はもうひとりの戦鬼を迎えることとなった。

結果的にはブリジトの王都を占領するのに半日もかからなかった。王宮の守備隊しか残っていないほぼもぬけの殻状態の城だ。

ブリジトの貴族がたくさんいるとはいえただの貴族。兵力ではない以上、彼らにできることはなかった。

もちろん、本命の大魚はまだ捕えていないため、ブリジトの城郭《じょうかく》には彼らの旗をそのまま立てた状態で王宮へ戻った。

あとはあの大魚。

ブリジトの王だけ。

最後の戦闘だけが残った。

＊

その戦いの終わりを美しく迎えるため、俺は唐突ながらユラシアに髪の乱れを指摘した。彼女の威信のためというか。

「おい、そんな姿で敵の前に出て行くつもりか？　これまで築いてきた威厳ってものがあるだろ。戦いの最後にはかっこいい姿で臨《のぞ》むべきじゃないか？」

「え……？　私、何か変ですか？」

「向こうの部屋に鏡があるから見てきたほうがいいぞ」

ユラシアは怪訝《けげん》そうにとぼとぼと俺が指し示した部屋に向かって歩いて行った。

しばらくして、

「えーっ？　えええええっ！」

当然ながら、返ってきたのは悲鳴だった。

今の彼女の姿は完全に幽霊そのものだ。

テレビから這《は》い出すあの有名な幽霊のように髪が乱れていた。それにしても美しいが。

「こ、これは、一体……」

ユラシアは震える手で鏡の前のくしを持つと髪をとかし始めた。

だが、めちゃくちゃだった。いつも手には剣だけ握って生きてきた彼女だ。

髪をとかすのも侍女《じじょ》たちがすべてやってくれていたはず。

「ぜんぜんとかせてないけど……。そんなんで元の状態に戻せるのか？」

「そ、そのくらい……！」

むしろ酷《ひど》くなっていく気がしたから俺は彼女のくしを奪い取った。

「情報によると間もなくブリジトの王が到着する。時間もないし俺がやってやるよ」

「えっ？　あなたが？」

不安げな表情で俺を見る彼女。

もちろん、この王宮にも侍女たちはいる。だが、まったく信用できない。

髪をとかしている最中に突然ユラシアの暗殺を図るなんてこともありえなくはない。

なんてのは言い訳で、ただ俺がやってあげたいという下心も大きい。

「騙されたと思ってじっとしてろ」

彼女の髪を手のひらで上から下に優しく撫で下ろした。

きれいな髪が俺の手の中で揺らめく。

それから、くしを使ってゆっくりと上から下にとかし始めた。

あちこち跳《は》ねていた髪が少しずつまとまり出した。

髪を洗えれば一番いいのだが、そんな余裕はないため束ねるか編むのが最善だ。

「いつもみたいに編んでやるよ」

「……編むって、そんなことまで？　ありえない。私でさえ自分ではできないかもしれないのに……！」

できないとは断じて言わない。

できないかもって、どう見てもひとりではできそうにないが。

まあ、俺の場合は妹のおかげだった。

仕事で忙しかった母親と、そんなことから俺ひとりで面倒を見ることの多かった妹のおかげで、髪を整えるスキルが身についた。

小学校の頃はいつも俺が妹の髪を整えてあげなくてはいけなかった。

今では、あいつも２０歳を過ぎて独立したが、いつも手のかかる髪型を要求してきて、とにかくかなり面倒なやつだった。

はあ、妹というのはまったく。

だから、髪をいじることには自信があった。

俺は一生懸命彼女の髪を編み始めた。

「どう？」

「いい感じです……。でも……一体どれだけ多くの女性の髪を触ってきたら、こんなに上手になるんですか？」

怪しいと疑う目で俺を見る彼女。何だか変な誤解をしているようだった。

「そうじゃないよ。家族以外には君が初めてだ。領主だからといって思いのままに何人もの女を従えているようなやつもいるだろうが、俺は違う。愛を大事にするタイプだから」

「……え？」

彼女は信じられないという顔で俺を見た。俺のイメージはどうなってんだよ。

「嘘つき」

「本当だって」

「どんな愛ですか？」

「どんな愛って……。一緒にいてもいなくても考えるだけでドキドキするような？」

「へぇ……。あなたがそんな純粋ですって？」

「うん。もしかして、君は誰とでも付き合ったり結婚できるってタイプか？」

「そんなはずないじゃないですか！」

「じゃあ、君も王女の身分を捨てて恋でもしたらどうだ？　このままずっとロゼルンに居続けたら政略結婚で他国の顔も知らない貴族や王族と結婚させられることになるぞ？」

「それだけは嫌です。もしそんなことが起こったら、初夜にその結婚相手の首を斬って私も自殺します！」

自殺？　極端すぎないか？

「いや、最初から政略結婚を断ればいい話だろ。それがだめなら逃げるとか！」

「斬ってから逃げろということですか？」

当然、結婚相手のもとに行く前に逃げろという意味だ。

わかっているくせに、この女ときたら。

「やり合おうってか？」

俺の言葉にユラシアは顔を背けてしまった。

「今……笑ったよな？　それも嬉しそうに！」

「……何のことですか？　笑ってなんかいません」

明らかに笑ってたから問い詰めると、一瞬でまた王女の顔に戻り否定するではないか。

＊

バウトールは悲惨《ひさん》な結果を目の前にして命惜しさに退却命令を出すしかなかった。

一緒に逃げた兵士は２０００人にも満たない。

誰がどう見ても戦争の続行は不可能だった。

そのため、今回の退却先は自国の領地だった。

「……王国へ帰るぞ！　出直す！　今回のことは絶対に忘れん！　絶対に……！」

バウトールは歯を食いしばって自国へ逃げ出した。

当然ながらロゼルン王国軍はそんな彼らを追撃した。

その追撃から逃れたバウトールは辛うじて自国へ帰った。

ブリジトの国境を越えるとロゼルンの兵士たちはそれ以上追ってくることはしなかった。

敵のそんな姿を見ながら鼻で笑うバウトール。

「やはり、大したことないやつらだ。ブリジトの地を踏むことを恐れて国境を越えてこれないようなやつらめ！　クッハハハッ！」

バウトールは今もなお敗北の原因は自分たちの失策によるものだと思っていた。

敵が優れているわけではない！

相変わらずの自尊心で、油断さえしなければロゼルンなんか再占領できると思っていた。

もちろん、被害が甚大《じんだい》であることは認めている。

腸《はらわた》が煮えくり返ったバウトールは必ず出直して復讐してやるという一念で叫んだ。

「兵士たちよ、そうだろう？」

だが兵士たちの考えは違った。特にことごとく自分たちを撃破してくるルナンの援軍は見たくもない状態。

水だけで腹を満たしていた兵士たちはバウトールにとうてい同調できなかった。

「どうした！　なぜ声を上げない！」

腹を立てたバウトールは隣にいた兵士を斬ってしまった。

「気勢が殺《そ》がれては何もできん！　いいか、声を上げるのだ！」

それを見た周りの兵士たちは死にたくないという思いから無理に声を上げ始めた。

だが、それは最悪の行動。

カリスマ性によって保たれていた指揮力が急落した。

９７に達していた指揮が７０を下回ったのだ。

もちろん、本人は気づいていなかった。

そのように強圧的に兵士たちを率いて国境の領地に到着し飢えをしのいだ。

食べれば解決するという単純な考え方。

「王都に帰るぞ！　帰って軍備を整えてから仇を討つ！」

「もちろんです、陛下《へいか》！　この仇《かたき》は必ず！」

その言葉にイセンバハンは命を守るために同調するふりをした。内心は帰ったらすぐに他国に亡命でもしたほうがましではないかと思っていたが。

バウトールはそのようにしてようやくブリジトの王都へと戻ってきた。

しかし、王都の城門は静寂《せいじゃく》に包まれていた。

それを見たイセンバハンが驚いて叫ぶ。

「陛下が帰られたというのに誰も出迎えないとは！」

そうだ。

王都の貴族はもちろん王城の侍女や侍従たちが全員で王を出迎えるのは当然のこと。近くの領地に立ち寄った際に事前に伝令を送っておいた。勝ち戦ではないため盛大に出迎えなくとも、せめて全員で出迎えるのが当然のしきたり。

これは王権に対する挑戦に他ならなかった。

当然ながらバウトールは憤《いきどお》りで顔を赤くして城門に近づいた。

なぜかブリジト王都の巨大な城門には守備兵はもちろん門番すらいない。

王都内はやけに静かだった。

大通りにも人の気配はなく、往来を歩く領民の姿もない王都の街。

静まり返った都市を見渡しながら中へ入ってきた兵士たちは互いに目を合わせると首を傾げた。指揮官たちも同じだ。

「これは、一体……？」

イセンバハンも怪訝な顔をして呟《つぶや》いた。

そのような疑問を抱いたまま全員が王都内へ入ると城門が急に閉まった。

同時に隠れていた兵士たちが路地のあちこちから飛び出してくる。

閉ざされた城門の方でも城郭の上に伏せて隠れていた兵士が出てきて退路を断った。

その兵士たちはブリジトの軍隊ではなかった。

王都の中央で突然現れたのはなんとルナンの軍服だったのだ。

「っ、貴様らが、なぜ……！　一体、どうやって！」

バウトールは到底信じがたい状況に口ごもった。

当然、ルナン王国軍の先頭にはエルヒンがいた。

＊

いい加減この戦争に終止符を。

城門は閉ざされ周囲を兵士たちが包囲していた。逃げる隙《すき》はない。

ガネイフもいない状況でブリジトの王には希望などない。

完全に閉鎖された城内で2万を超える兵力を相手には戦えないもの。

どう見ても包囲は完璧だから。

「貴様ごときが我を阻止するだと？　ありえん！　我こそがこの大陸の主《あるじ》だ！」

バウトールが俺に向かって叫んだ。

だがもはや奴は俺の眼中にない。

ただの虐殺者《ぎゃくさつしゃ》、それ以上でも以下でもない男。

ナルヤのバルデスカ・フランのように畏敬《いけい》の念を抱く知略家でも人格の優れた王でもない。

「攻撃だ！　ブリジトの残党を殲滅《せんめつ》しろ！」

俺が攻撃の合図を出すとブリジト王国軍を包囲したルナン軍があちこちから飛び出した。

すぐに一方的な戦闘が始まった。

ユラシアもブリジトの王に向かって駆け出す。

すでに彼女の武力はブリジトの王とほぼ同等になっていた。

だが、バウトールは一般兵士の相手までしなければならなかった。

だから、ユラシアの敵ではなかったのだ。

ロゼルンを襲った虐殺への代償《だいしょう》！

それを払わせるかの如くユラシアはバウトールの喉をロッセードで貫いてしまった。

「うぉおおおおおお！」

敵の王が死ぬと周囲でルナン兵の喚声が鳴り響いた。

その姿を見たブリジトの兵士たちはあちこちで降伏を始めた。

いや、彼らは初めから戦う意志など持っていなかった。

だから、王が死んだその瞬間に戦争は終わったも同然。

「わああああああああ！」

ルナンの兵士たちはさっきよりも大きな喚声を上げた。

そして、俺はそんな兵士たちの中心で叫んだ。

「すべて君たちの手柄だ。約束の褒賞は必ず支払われるだろう。だから、勝利に酔っても構わない。今日は飲酒も許すとしよう。だが、ブリジトの国民には決して手を出してはならない。軍法を犯した者は厳しい罪に問うつもりだ！」

＊

フィハトリは机に拳《こぶし》を激しく叩きつけた。

ルナンの王がエルヒンの帰国を命じたのだ。

ローネン公爵家《こうしゃくけ》の家臣としてエルヒンよりも早くこの知らせを聞いたフィハトリは

首を横に振った。

王の決定が気に入らなかったからだ。

ルナンから5万の兵を追加派兵したためブリジトの領地が降伏するのは時間の問題。

だから、ブリジトを占領する前にエルヒンを帰国させ、戦功はすべて自分の系統に与えるというのがルナンの王の考えだった。

「この国がこれほどまでに腐敗していたとは」

すでにフィハトリにとってエルヒンは共に戦った仲間だった。

心から接してくれたうえに一番の活躍ができるようにと最前線を任せてくれた。

だから、フィハトリはエルヒンに心を許したのだった。

最初は監視するだけのつもりだったがすっかり気持ちが変わっていた。

同じローネン公爵家の家臣であるエルヒート・デマシンとも共に戦ったことのある彼だ。

彼はもちろんエルヒートを尊敬していたが、エルヒンにはエルヒートにない何かがあった。

兵士を統率する力、そして戦略と戦術。

そのため、フィハトリは説得してみるつもりで臨時執務室《しつむしつ》を飛び出した。

それがローネン公爵の意に反することになるとしても。

＊

俺は帰る支度を始めた。

ブリジトの王都を占領すると状況は急変した。

知らせを聞いたルナンの王はなんと5万の兵を追加派兵したのだ。

ロゼルンを守りブリジトを滅ぼせと与えてくれた兵力はたったの3万だ。

ブリジトの滅亡が現実になりかけたから急いで追加の兵士を送り込んだのだろう。

ナルヤという危険要素よりも目の前の巨大な獲物を最優先にした貪欲《どんよく》さか。

もちろん、俺の予想通りだ。

この貪欲さが結局はルナンの滅亡をもたらすだろう。

兵力をブリジトにまわせば、いずれ起きるナルヤの大征伐《だいせいばつ》を阻止するのはなおさら困難になる。

ナルヤが攻め込んできてルナンの王都を占領したら、そこから無政府状態となったルナンの領地は俺が吸収するつもりだから！

ナルヤと争うことになるだろうが、いずれにせよすべては戦略の戦い。

だから、当面の目的を達成した今ここで無駄な時間を費やす必要はなかった。

もちろん、ブリジト全体を占領したわけではない。だが、それは新たに派兵されたルナン王国軍のすべきこと。

ルナンの王もそのつもりだろう。

最も危険で重要な仕事をやり遂げた総大将を交代するのは常識的にありえないことだが、今はその冷遇《れいぐう》がむしろ望ましかった。

本当の敵はナルヤだ。

バウトールなど比べものにならないほど強力な敵だ。

今は目的を達成したから未練なく帰るだけ。

この領地は後で取り戻せばいい。

「5万の兵力が到着したらすぐに総大将はルナンに帰国せよとの命令です！」

「そう言われたら帰国しないとな」

俺が少しの感情も示さずに答えるとフィハトリは不満顔で訊いた。

「ブリジトの王都を占領した総大将をこの戦争から外した後はローネン殿下の部下が大挙送り込まれるでしょう。まさか、その意味がわからないのですか？」

その意味か。

それをわからないはずがない。

ブリジトの領地はすべて王と公爵で占領して俺から手柄を奪うってことだろう。

「それより、君はローネン殿下の部下ではないか。俺の心配をしてくれるとは意外だな」

「それは……！　違います！」

フィハトリは意外にも首を横に振った。

本当にこれはありえないという顔だ。

フィハトリ・デルヒナ。

確かに能力のある男だ。

問題はローネン公爵家の家臣であるという点だった。

伯爵《はくしゃく》だが領地を持っていないため俺よりは等級が下の貴族だった。

伯爵でも領地のない貴族は多い。

特に、大貴族である公爵の家臣にはそういった貴族が多かった。

そんな彼だ。

むしろ黙っていればこの機会に領地をもらうこともあろう。

ローネンの系統ではない俺と違って彼はローネンの家臣だ。

俺の手柄の大半が彼に帰するはず。

それでも俺にそんなことを言うのは気持ちの変化があったということか。

悪いことではない。

優れた人材はいつだって歓迎だから。

数々の戦闘でフィハトリは兵士たちを立派に率いた。

素晴らしい働きを見せてくれたのだ。

命令を的確に履行し実行する能力に長《た》けていた。

しかし、まだ早い。

彼の置かれた状況を考えると仲間に迎え入れるのはもう少し後の方がいいから。

俺はそんな気持ちを込めて肩を聳やかした。

「まあいい。俺は政争《せいそう》に加わるつもりはない。それより、今度ブリジトの領地をひとつもらうことになるだろうな。おめでとう。フフッ」

「笑っている場合ではないかと！　それに、とんでもありません！　総大将が何も貰えないのに、私だって受け取れません！」

「それは違うだろ」

俺は首を横に振った。

「君が俺のことを思ってくれるならブリジトに残った方がいい。領地を与えられたら受け取れ。そして、これからもローネン公爵に忠誠を誓うんだ。君が領地で力を蓄《たくわ》えていれば、いつか君に助けてもらうこともあるはずだ」

「それは一体……」

「今はそれより大事なことがある。兵士たちに与える褒賞金だ。常に動機づけのために褒賞を与えると言ってきたんだ」

「しかし、陛下がお金を出してくださるでしょうか？　陛下の性格では……」

フィハトリが不可能ではないかという眼差しで訊いた。

まあ、それは正解だ。

あのルナンの王が兵士たちに褒賞を与えてくれるはずはない。

「おそらく出してくれないだろう。だが、約束を守ることは大事だ。言ったことを守らなければ、今回活躍してくれた兵士たちは二度と俺に従わないだろう」

兵士たちの忠誠心を得ることはとても重要だ。後にルナンの兵力を吸収することを考えればなおさら。

「陛下が出してくれなければ、その褒賞は俺が支払わないとな。お金を送るから兵士たちに渡してくれないか？」

「もちろんです。名誉にかけて他の貴族たちが横領できないようにします。ですが、本当にこのままお帰りになられるのですか？　ブリジトに残られた方が……！」

「大局《たいきょく》を見ろ。大局を。あまり小さいことに執着すると大局を見誤《みあやま》るぞ」

俺が首を横に振りながらそう言うとフィハトリは間の抜けた顔になった。

＊

疑問だらけの人は他にもいた。

「エルヒン、訊きたいことがあります」

「訊きたいこと？」

「その……。あなたの目的は何ですか？　あなたの理想が知りたいです。どう見ても、あなたは一介の領主で満足するような人には見えないので」

それを感じ取るとは。

案外見る目があるな。

フィハトリはまったく感じ取れていないようだったのだが。

「あなたが夢見ているものとは？　もしかして……」

ユラシアは辺りを見回すと誰もいないことを確認して強烈な一言を言い放った。

「ルナンの王ですか？」

その言葉に正直驚いた。

当たらずといえども遠からずだから。

「何ていうか、それは小さすぎるな」

「え……？　今、小さいって言いました？　ルナンが小さいと？」

「質問に答えるなら、俺の理想はそれほど大したものではない。俺と仲間の幸せ。ただ、それだけだ。今の大陸は混乱している。大体の国が隙あらば他国を侵略しようと考えているからな。だから、戦乱は終わらない。そんな時代で幸福を見出すこと、その方法は統一しかないと思うんだ。大陸が統一されれば、自然と平和は訪れるはずだから」

これは大げさに言った話に過ぎない。

本当の俺の目的はただゲームを攻略すること。つまり、大陸の統一。

もちろん、その結果として得られるものが平和なら素晴らしいことではないか？

戦国時代よりも統一時代の方が国民にとって良いということは歴史を見ても当然のこと。

戦国時代と徳川幕府、つまり江戸時代の暮らしを比べると当然ながら後者だろう。

戦争が一日おきに起きる世界と表面的にでも平和が続く世界は全く違うもの。

大陸は本来ひとつの国であったのだからなおさらだ。

「だから戦うつもりだ。戦争を終わらせるために。もちろん、統一されたとしても、戦争はまたいつか起こる。でも、平和な時間が存在する国、そして戦乱の時代が続く国。誰がどう見ても前者に意味があると思わないか？」

統一されればそう簡単にはまた戦争が起こることはない。

その統一王国がまともな政治さえすればの話だが、数百年は平和が続くだろう。

実際に地球の歴史をみてもそうだし。

「……」

ユラシアはただ俺を見つめるだけだった。

「ロゼルンの国民……。そして、大陸のみんなが平和になる……。そういうことですか？」

「ああ、そうだ。国の区分なくみんなが」

「そんなことが可能ですか？」

「さあな。ただ努力するだけさ。だから、もし、君がロゼルンの名前を捨ててユラシアという個人で行動を共にする気があるなら、俺はいつでも歓迎だからな」

俺の提案にユラシアはただ目を瞬《またた》かせた。

「話のスケールが大きすぎてついていけません。あなたは、一体……！」

「それより、ユラシア」

「何ですか？　これ以上、私を混乱《こんらん》させないでください……！」

「いやいや別の話さ。君さえよければエイントリアンに来い。俺はいつでも歓迎だ。君、友達いないだろ？　俺が友達になってやるってこと」

「なんてことを！　いますよ、友達くらい！」

「へぇ、誰？」

「仲良しの侍女……はいます！」

「それって友達なのか？」

「……うっ」

ユラシアは図星を突かれたかのようにぶるぶる震え出した。

「知りません！」

すると怒った顔で叫ぶとつかつかと出て行ってしまったのだった。

＊

ルナンの王宮。

「ウハハハハ！　君を信じていたぞ。さすがだ。素晴らしい。本当によくやった！」

ルナンの王は満足げに俺を迎えた。

「よくやってくれた。エルヒン」

ローネン公爵も称賛《しょうさん》を惜しまなかった。問題は褒めるだけということ。

褒賞を与えるつもりは毛頭なさそうだった。

あまりにも魂胆《こんたん》が見え透いているというか。

まったく、人をずいぶんカモ扱いしてくれているようだ。

「陛下、もうすぐブリジト王国全体がルナンのものとなるのでは？」

「まあな。後から送り込んだ兵たちが上手くやってくれているようだ。ウハハハ！」

「それを可能にしたのは誰が何と言おうとこの私です」

俺は王の笑った顔にそう宣言してやった。

その言葉にこの時が来たかという顔で王とローネンは互いに目を合わせた。

笑みの消えた顔で。

すでに俺という存在は戦争が終わったら始末することになっているという雰囲気。

「ふむ、それはどうだろうか。結果はわからないものだ。君がいなくても可能だったかもしれない。フィハトリひとりでもな」

王はそんな戯言《ざれごと》を口にした。とにかく貪欲なやつらだ。

「陛下、多くは望みません。それに、私は今後も陛下のために戦うべき運命。大したことはしていませんが、わずかながらも褒美をいただけませんか？」

俺がまた別の戦争について言及すると王は軽く咳払《せきばら》いをしてうなずいた。

今はまだ使うところがあるから仕方ないという顔で。

「それはそうだな。手柄はある。ないとは誰も言っていない。褒美はやらんとな。褒美は。金塊でいいか？」

ふざけるな。金塊は十分にある。ルナンの財政よりもたくさんあるんだよ。

「金塊は陛下がお使いになるべき資産ではありませんか。それなら、ブリジト王国の海岸沿いにある領地をひとついただけませんか？」

「海岸沿いにある領地？」

「はい。ロクトインという場所があります。海岸が美しいとか」

「ロクトイン？　おい！　すぐに地図を持ってこい！」

ルナンの王はその話を聞くな否や謁見の間に地図を広げた。そして、直接その領地を指し示す。

「どうして海岸沿いの領地なんだ？」

すると、その小さな領地も与えるのが惜《お》しいのかローネンが鋭い質問を投げかけてきた。

「昔から海岸沿いの領地が欲しかったんです。静かで小さな海辺。その領地を休養地として使うつもりです。そうすれば、いい女が釣れるでしょう？」

「ああ、そうか。そういえば、君はかなりの女好きだったな。まあ、この程度の大きさならくれてやってもいいが……」

「では、今この場で玉璽《ぎょくじ》が押された勅書《ちょくしょ》をいただけますか？」

「陛下、そう急ぐことはないかと。エルヒン、とりあえず明日また出向いてはどうかね？」

欲深いローネンだ。領地のひとつも簡単には渡さないということだろう。

俺は仕方なくうなずいた。

そして翌日、改めて王に謁見《えっけん》した。

この一晩でローネンが何をしていたかは高が知れている。

俺が欲しいと言った領地について徹底的に調べ上げたのだろう。

今後の戦争でも俺を使い続けるためには褒美を与えなければならないが、俺が勢力を伸ばせるような領地を引き渡す気は毛頭ないだろうから。

「君の言っていた海岸沿い領地について陛下と話し合ってみた」

ローネンはそう言うと地図のある一カ所を指さした。

「君が言っていた場所よりもいいところを見つけたよ。ベルタクインという領地だ。本当に何もないところだから君の望む息抜きの意味ではまったく世間に知られずに楽しめるだろう。フフフッ。完全に山に囲まれた領地だ。周りを塞《ふさ》がれた海岸。君が何をしようと誰も簡単には逃げられない場所だと思わんか？」

彼が指さした場所はブリジトの片隅。

海岸と小さな都市。

正直、都市とも言えない平地。

そして、完全に山脈で囲まれた領地だ。

本当に山しかない領地だった。

「その領地をいただけるのですか？」

「そうだ。こうしてすでに勅書に玉璽まで押して準備しておいた。君にとって最も良い領地を探すのに苦労したんだぞ。気に入らないのか？」

「そ、そんなことありません……！」

俺の表情が曇《くも》ったのを見たふたりが同時に俺を見た。

「ありがたく頂戴します。陛下」

「そうかそうか、気に入ったならよかった。ウハハハハハ！」

使い道のない領地を褒美の代わりにできたと思った王は豪快に笑い出した。

俺はそんな王を心の中で嘲笑《ちょうしょう》しながら勅書を受け取り王宮を出た。

そう。

嘲笑しながら。

ベルタクイン。

まさにこの何もない領地こそが最初から俺が狙っていた領地だった。

休養地が欲しいと言えば、ブリジトの領地で一番使い道のないこの領地を与えてくるだろうと予想はしていた。

あの王とあのローネンだから。

おそらくローネンは俺の休養地という失言を嘲笑しながらこの領地を選んだのだろう。休養地という言葉を口にしたからにはそれに最適なベルタクインを断れないだろうと思ったようだ。

もちろん、俺は最初から断るつもりなどなかった。

実はベルタクインは大陸で最も鉄鉱山の多い地域だ。

エイントリアンには鉄があまりないので輸入して使っているのだが、その鉄の管理は王室が行っている。

そのため、鉄を手に入れるのは何かと大変だった。

鉄は戦略物資であるため、どの国も管理が厳しいからだ。

そんな状況で鉄を自分の領地から得られるということは莫大《ばくだい》な利益。

もちろん、ベルタクインの鉄のことはブリジトでも知られていない。

ゲームでは、ベルタクインの領地を得て開発を進めると始めて鉄鉱山であると判明し鉄が溢れ出す、そんな場所だった。

だから、この時点ではまだ俺だけが知っている情報。

そう。

俺がこの戦争で何よりも切実に望んでいたのは、実はこの鉄だった。

―終章―　英雄たちの休息

エイントリアンを目前にしてジントは珍しく笑顔だった。

「ずいぶん上機嫌だな。ジントが笑うなんて」

何を与えても興味を示さないようなやつだがミリネに関わる話となれば違う。

ブリジト王宮の宝物庫で見つけたものはたくさんあった。

俺はジントにその中からミリネのプレゼントを選ばせた。

宝物はたくさんあったから好きなだけ持たせてやることもできた。

だが、一度にたくさんの宝物をもらっても感動は少ない。

戦争から帰った男が美しい宝物をひとつ手渡す。

その方がかっこいいだろ？

「っ、笑ってなんかない！　ちょっと表情の練習をしていただけだ」

何だよそれ。

「それより、まだ包帯がとれないからそれが問題だな」

ジントは胸の傷がまだ治っていないため包帯を巻いている状態。

「平気だ。男が戦争に出たら怪我《けが》して当然だろ。何を言ってるんだ！」

「へえ、そうか。俺の前では大口をたたいてもミリネの前では何も言えないやつが」

「そんなことはない」

頑《かたく》なに否定するジント。俺は内心鼻で笑った。

とにかく、そうしてジントとふたりでエイントリアン領に戻った。

これからもっとやることが増えるはず。

鉄鉱山の開発までしなければならないから。

「ご主人様！　お帰りなさいませ！」

領地の城門へ到着すると、どうやって俺たちの帰りを知ったのか侍従長《じじゅうちょう》や家臣《かしん》たちがみんなで出迎えてくれた。

「閣下《かっか》！」

跪《ひざまず》く家臣たち。

「出迎えなんていいのに。みんな立つんだ！」

俺は馬から降りて家臣たちの背中をとんとんと軽く叩いた。家臣といったところで何人もいないが。

「そうだ、ハディン。領地には何事もなかったか？」

ハディンに訊《き》くと彼はすぐにうなずいた。

「はい、特別変わったことはありませんでした」

「ユセン、領地軍の状態は？」

「徐々にですがよくなってきてます！　それよりお聞きしました。本当に信じられませんが……」

「そのことは後でゆっくり話すことにして。明日からは領地の視察も行う。準備しておくように」

「かしこまりました、閣下！」

「じゃあ、解散！」

いろんな話をしたくてたまらなそうな顔をしている家臣たちを後にした。

今は疲れ切っている。すぐにまた領地を運営する力など今は残っていない。

戦地に赴《おもむ》いてから熟睡した記憶がなかった。

だから、俺の家である領主城を目の前にして他のことは考えられなかった。

とにかく睡眠をとりたい！

「領主様！」

みんなの後ろにいたミリネが飛び出してきた。その瞬間、ぼうっと俺の後ろに立っていたジントの表情が明るくなる。

本当は真っ先にジントの名前を呼びたかったはずだが空気を読んで俺を先に呼んだのだろう。

「ジントが迷惑をかけませんでしたか？」

「もちろんだ。ジントがいたおかげで無事に帰ってこられた。だが、ジントに怪我《けが》を負わせてしまった。すまないな」

「なにを仰るんですか！　領主様が私たちにどれだけの恩を施してくださったことか……！　身体を張って領主様をお守りするのは当たり前です！」

ミリネはそう言ってジントに近づいた。

「ばかね、もっと鍛《きた》えないとだめだわ！　いつも自分が最強だなんて言ってるくせに怪我するなんて！　来なさい！」

「待ってくれよ、ミリネ！　俺たちの感動の再会は……」

「うるさいっ！」

ジントはミリネに耳を引っ張られながら連れて行かれた。

いくら戦鬼でもやはりミリネには逆らえない様子。

さっきジントがそんなことないって言ってたな。

よく言うよ。

まあ、ふたりしてあんな感じだがジントと再会したミリネはとても幸せそうだしジントも嬉しそうな顔だ。

正直なところ羨《うらや》ましくなるのも事実。

「侍従長、城へ行こう。他のことは後回しにして今はまずは休みたい」

「かしこまりました！」

俺はひとりでゆっくり眠るつもりで侍従長が用意した馬車に乗り込んだ。

レベルアップもアイテム整理も全部後だ。

やっと馬車が止まって俺の唯一のねぐらであるエイントリアン城が目前に迫ってきた。

城内に入ると待っていたかのようにメイドたちが一斉《いっせい》に頭を下げる。

「お帰りなさいませ、ご主人様！」

誰もが羨むような光景だが、いつの間にか慣れてしまった俺の目には入ってもこない。

こんなのが感覚が鈍るってことなのだろう。

「いいから仕事に戻れ。俺は寝室へ行く」

クールに無視して階段へ向かった。

休みたい。

切実に休みたい！

「ご主人様。実は、お客様がお見えです」

そんな俺の後ろで侍従長がもう一言付け加えた。

急に客だと？

「客？　今日は疲れてるから明日会うことにする」

「そうですか」

「待てよ？　侍従長……まさか寝室に女を用意したとか、そんなまねはしてないよな？」

客というワードに厳しい顔つきで訊くと侍従長は慌てて首を横に振った。

「もちろんです！」

「それならいい。眠るから呼ぶまでは誰も邪魔しないように。いいな」

再度厳命を下してから階段を上った。

このところ熟睡できたのはたった数日。ほとんどの日は仮眠をとる程度だったから。

長時間の睡眠といえば皮肉なことにもユラシアと罠に落ちた5時間だけだったような。

だから、自ずと足取りが早まった。

ようやく寝室が目の前に。

寝室の扉を開けると！

ついにベッドが目に入ってきた。

俺のねぐら。俺のベッドが！

初めてこの時代に来た時に目を覚ましたあのベッド。

今としては唯一ぐっすり眠れる場所。

この世界における心の故郷だ。

すぐにベッドに跳《と》び乗《の》った。

そして布団をかぶる。

気持ちいい。

これだ。

すぐに瞼《まぶた》が重くなり体がだるくなってきた。

ところがまさにその時。

突然、ガシャンと音を立てて窓ガラスが割れた。

ちょうど眠りかけた瞬間に！

「今度は何だよ」

起き上がって窓の方を見る。ガラスの割れた窓からは風が入り込み、そこには招かれざる客の存在があった。

かつて同じように窓を破壊して侵入してきたまさにあの人物。

目が合った途端、あの時と同じようにロッセードを握ると俺に向かって構えた。

「あなたは……悪徳領主ですか？」

それもあの時と同じことを言いながら。

いやまあ。そうだ。

俺はルナンの王都に立ち寄った。

そして、ルナンの王都で数日間足止めされていた。

だから、彼女が先に到着するのは時間的に不可能なことではなかった。

「悪徳領主なら？」

「殺します」

彼女はまたもやあの時と同じことを言うと殺伐《さつばつ》とした表情で再《ふたた》び剣を突きつけようとする。

「いや、待て待て！　本気か？　やめろ！　ユラシア！」

「ふんっ！　客が来たっていうのに無視した罰です」

「その罰が死だと？」

「……」

ユラシアは剣を持つ手の動きを止めた。首に触れる寸前なのが少し問題ではあるが。

「友達として迎えてくれると言っておきながら冷めたすぎます！」

ユラシアはそう言いながらも剣を下ろした。ただ、勢いよくベッドに跳び乗ってきたせいでかなり急接近した状態。

「それに！」

「え？　まだ何かあるのか？」

俺の質問にユラシアは勿体をつけ始めた。

「ロゼルンに戻って考えてみたら、私に冗談を言う人も初めてだし、こんな扱いを受けるのも初めてだったので……」

「そんな扱いをしたやつは殺してやるってか？」

「剣はもう下ろしたじゃないですか！　とにかく、そういうことです！」

そういうこと？　何それ？　何だよその結論は。

「ん？　それはどういうことだ？」

「だから、そういうことです！」

「それだけでわかるかよ」

訊き返すとユラシアは軽く頬を膨らませた。そして、何だか悔しそうな表情を見せる。

「心の安らぐ場所にいたいってことです！　ロゼルンでの私はユラシアではなく謹厳《きんげん》な王女ですから。笑うことも泣くこともできない……」

「え？　それって俺といると気が楽だってこと？」

その質問には素直にうなずくユラシア。潔く認めた。

どうなってんだ？

「嫌ですか？」

「いや、むしろ光栄だよ」

そう。これは本気だ。光栄に決まってる。

「信じることにした以上は従うって前に言ったはずです。だから来ました。それにあなたのその理想というのも見届けたいので……ここにいさせてくれませんか？」

「おい！　ちょっ、待て！」

「なにか？」

「何でまたロッセードを握ってんだよ。断ったら殺すってか？」

ユラシアはぎくっとした顔でロッセードから手を放すと片手で髪をくるくる触り始めた。

それからしばらくしてプッと笑う。

彼女にしてはめずらしく笑顔を見せたのだ！

ロゼルンで長い時間一緒にいながら笑う姿を見たのはたったの二回。それも一回は暗闇の中。もう一回は一瞬だった。

つまり、ちゃんと見たことがなかった。無理に笑わせようと両頬を引っ張ったこともあったが全部失敗に終わった。

そんな彼女がこうして自然に笑うなんて。

あれだけ見たかった笑顔ともあって堂々と笑うその姿は少し危険なほど魅力的だった。

さらに、その状態でユラシアが近づいてきた。

「そうじゃありません！　訊きたいことがあるんです。脅《おど》してでもその答えを聞こうと思って」

「また質問かよ。あの時に全部訊いたんじゃなかったのか？」

「とても大事な質問なんです」

そう言ってさらに近づいてくるユラシア。

もう息づかいまで聞こえるほどの距離だ。

そんな状態でユラシアは頬《ほお》を人差し指で掻きながら大きく息を吸うと、

「私のことタイプじゃないって言いましたよね？　じゃあ……あなたはどんな人が好みなんですか？」

武力９２。

指揮９７。

相当な能力を持つこの人材は突然俺の好みを訊き始めたのだった。

─ 後日談 ─　好みの理由

チュンチュンという鳥のさえずりで目が覚めた。

ぐっすり眠れた気がする。

熟睡できたことが嬉しい理由は簡単だ。

ここは俺の部屋ではないから。

でも、ここが俺の領主城であることには変わりないから睡眠をとるのに大きな問題はなかった。

自分のベッドではなく別の部屋で寝たのにはもちろん理由がある。

＊

「好み？」

「はい……！」

「何で急にそんなこと訊くんだよ」

「それは……！」

そこまで言って顔を背《そむ》けるユラシア。それからベッドの方を見つめると片手で軽く目をこすった。

目をこする手が片手から両手になる。

この姿のどこから戦場の氷の王女が見えるというのか。

「なんだか眠くなってきちゃいました」

すると俺の質問に答えずそのままベッドに横になってしまった。それも俺のベッドだ。

それはつまり、話題回避だった。おかげでしつこく俺の好みを訊いてくることはなかった。

俺でさえこれだけ疲れてるわけだから彼女が疲れているのは当然だ。彼女は俺以上に寝ていなかったから。

そんな状態で俺より先にエイントリアンまで来ていたのだ。

その強行軍の理由はわからない。

彼女はロゼルンに戻っていた。それならまずはゆっくり休んでからでもよかったのに。

「おい、ユラシア！　ここで寝る気か？　前に使ってた部屋があるだろ！　起きろ！」

それに返事はなかった。すやすやと寝息だけが聞こえてくる。

自分で話題を変えておいて寝たふりでもしてるのか？

真偽はわからなかった。

俺たちが疲れ果てているのは事実だし、俺だってベッドを見ただけで眠くてたまらない。

だが、いくらなんでも俺のベッドでこんなにもすぐ寝るか？

これが俺といると落ち着くという気持ちの表れなら。

それはまあ悪くない。

ロゼルンの恨《うら》みを晴らすためブリジトの王の首をひと思いに刺し貫いた彼女だ。

普段から剣を使うことになんの躊躇《ためら》いもない。自分の信念を貫くためなら容赦《ようしゃ》ないのだ。

それに彼女は言っていた。

みんなにはそういった姿だけを見せてきたと。

ところが今の姿はそれとはあまりにかけ離れている。

しばらくその姿を眺《なが》めていた俺は首を横に振った。

それだけ俺を信じてくれているなら裏切るわけにはいかない。

俺の部屋で眠ってしまったからといって手を出せば悪徳領主の復活に過ぎない。

本当に眠くて寝ているのに手を出したらそれは犯罪だ。

彼女は俺にとって必要な存在。

こうなれば仕方がない。俺が別の部屋へ行こう。

そこで移動しようとするが、彼女の手が俺の服をぎゅっとつかんでいることに気づいた。

「ユラシア？　いいよ、ここで寝てもいいんだけどさ。これは離してくれないか？」

そう言ったが微動《びどう》だにしない。

仕方なく俺は彼女の手をとって握った手を広げようとした。

だが、強く握りすぎてそう簡単には広がらない。

結局、少し死闘を繰り広げた。

＊

そういうわけで俺は自分の寝室ではない場所で朝を迎えたのだ。

あくびをして伸びをしながらストレッチをした。

ぐっすり眠ったからか体力もだいぶ回復した気がする。

そこでひとまず廊下に出た。

ユラシアのことが気になったため真っ先に自分の寝室へ向かった。

そして、軽く扉を叩く。

コンコンというノックの音に、

「はい！」

という声が返ってきた。起きたようだ。

扉を開けて中へ入るとユラシアはベッドに座っていた。

長い髪は寝癖がついたままで少し寝ぼけた表情だ。

「起きたか？」

するとこっちを向いてぼうっと俺のことを見つめる彼女。何度か瞬《またた》きをしてからゆっくりと口を開いた。

「どうして私がここで寝ているんですか？　それもあなたのベッドで……？」

何を酔いつぶれて記憶がない人のようなことを言ってるんだ。

「まさか覚えてないのか？」

ユラシアはさらに瞬《またた》きをするとそっとうなずいた。

「はい」

「君が俺を追い出したんだ。だから俺は別の部屋で寝た。すごく気持ち良さそうに寝てたから」

「……そそそ、そんなはずがありません！」

「そんなはずがあったんだよ。まずはそのよだれでも拭くんだな」

「へ？」

ユラシアはその言葉を聞いて口もとに手をあてた。

「きゃあああああ！」

そのまま外へ飛び出してしまった。

おかげで俺は自分の部屋を取り戻した。ベッドにはなんとなく彼女の残《のこ》り香《が》が漂っている。

いや、そんなことを考えてる自分があほらしくなって破壊された窓の外を眺めた。

穏やかな天気。

寒くもなく暑くもないため窓がなくても気にならないくらいの天気。

しばらくそうして日差しを浴びながらぼーっとしているとユラシアが戻って来た。

「はぁ、疲れた。とにかく、いろいろあったみたいですが全部忘れてください！」

走って来たのか息を切らしてそう叫んだ。

さっきまでの寝ぼけ顔はしゃきっとした顔つきに変わっていた。

「いや、忘れろって言われても……」

「わ、す、れ、て！」

でも、何を忘れろって？

寝起きの顔？

「でも、よだれを垂らした顔は罠に落ちた時にも見たから……」

「そういえば、あの時もそうでしたね。変だわ」

「変って何が？」

彼女は不思議そうに首をかしげながら言った。

「私は人前で寝たことがありません。だから、そんな姿を見せるはずもなく……それに普段からあまり眠れないのに人前で熟睡するなんてありえないんです！」

そういえば、罠の中で寝た時も自分が本当に眠っていたのか確認してきたよな。

「俺といると落ち着くんだろ？　だからじゃないか？」

「……」

ユラシアは黙り込んで俺を見つめると、すぐにうなずいた。

「それは……そうかもしれません。他に理由が見つからないので」

「まじかよ」

むしろ俺が戸惑《とまど》うくらいにきっぱりと認めた。

「なんですか、その反応は！　とにかく！　そういうことです！　では、私はもう行きます！」

そうして逃げるように消えてしまった。

俺にはまだ訊きたいことがあったのに。

それは俺の服をつかみながら寝てた理由だ。

たまたまにしてはつかむ力が強すぎた。

だが、ユラシアの姿はもうないし訊くタイミングを逃してしまった。

「……仕方ない」

俺は少し彼女の残り香が漂うベッドに潜り込み、この世界に来て初めての二度寝を貪《むさぼ》ることにしたのだった。

あとがき

『俺《おれ》だけレベルが上《あ》がる世界《せかい》で悪徳領主《あくとくりようしゆ》になっていたⅡ』をご購入いただきありがとうございます！　作者のわるいおとこです。

1巻で終わってしまうかもしれないと思いましたが、皆さんのおかげで無事2巻を発売することができました！

前作の『俺《おれ》の現実《げんじつ》は恋愛《れんあい》ゲーム⁇　～かと思ったら命がけのゲームだった～』は、コミックスしか続刊が出ていないので、今回2巻を出せることになり、とても嬉しいです。

個人的に1巻はなろう版と違ってユラシアの登場が早く少し物足りない部分がありましたが、今回の2巻はその物足りなさをできるだけ埋めるために加筆をしています。

特に、ほかでは見ることのできないユラシアの外伝も新たに執筆したので、楽しんでお読みいただければと思います。

さらに、この作品も現在コミックス連載を準備中です。

2巻が発売された後ですが、コミックスの連載も始まるので、小説版とはまた違った『悪徳領主』をお届けできたらと思います。

最後に謝辞《しゃじ》を。

まずこの本の刊行に尽力してくれたファミ通文庫編集部の皆様、ありがとうございます。

そして1巻に引き続きイラストを担当していただいたraken様にも、深く感謝を申し上げます。魅力的なユラシアを描いていただけて本当に感無量です！

なによりこの作品を読んでくださり応援してくださった読者の皆様のおかげです。

これからも『悪徳領主』をよろしくお願いいたします。

わるいおとこ

■ご意見、ご感想をお寄せください。……………………………………………………………

ファンレターの宛て先
〒102-8177　東京都千代田区富士見2-13-3　ファミ通文庫編集部
わるいおとこ先生　　raken先生

FBファミ通文庫

俺《おれ》だけレベルが上《あ》がる世界《せかい》で悪徳《あくとく》領主《りょうしゅ》になっていたII

1790

2021年5月28日　初版発行

◇◇◇

著　者　わるいおとこ
発行者　青柳昌行
発　行　株式会社KADOKAWA
〒102-8177 東京都千代田区富士見2-13-3
電話 0570-002-301（ナビダイヤル）
編集企画　ファミ通文庫編集部
デザイン　AFTERGLOW
写植・製版　株式会社スタジオ205
印　刷　凸版印刷株式会社
製　本　凸版印刷株式会社

●お問い合わせ
https://www.kadokawa.co.jp/（「お問い合わせ」へお進みください）
※内容によっては、お答えできない場合があります。
※サポートは日本国内のみとさせていただきます。
※Japanese text only

ISBN978-4-04-736673-2　C0193

経営学による亡国魔族救済計画

社畜、ヘルモードの異世界でホワイト魔王となる

著者／波口まにま
イラスト／卵の黄身

経営学で魔族国家を最強に!!

御《み》神聖《かみひじり》は通り魔に殺された……はずが、目を覚ますと角の生えた少女がいた！　そして少女に「お前は今日から魔王です！」と告げられた聖は、魔王として滅亡の危機にある魔族を救済することになるのだが……。経営学の力で亡国を改革せよ。今、社畜の英雄譚が始まる！

伝説のおねえさんたちが、勇者《ぼく》のいうことを聞いてくれないのですが

著者／嬉野秋彦
イラスト／てつぶた

伝説の武具は――美女×2!?

勇者ハルの新たな召喚先は、魔王たちが大暴れする世界だった。召喚主の"万能の魔王"じゃじゃさまは魔王同士の争いを勝ち抜くために、宿敵である異世界勇者を呼び出したという。さらに伝説の武具を授けてくれるはずが……現れたのはとがり耳の美女二人!?

FB ファミ通文庫

え、みんな古代魔法使えないの!!???
～魔力ゼロと判定された没落貴族、最強魔法で学園生活を無双する～
三門鉄狼
成瀬ちさと
E,MINNA KODAIMAHO TSUKAENAINO!!???
ファミ通文庫

彼女できたけど、幼馴染みヒロインと同居してます

著者／桐山なると
イラスト／pupps

ハピエンafter三角関係

告白大会のすえ、相生夏《あいおいなつ》は転校生の亀島姫乃《かめしまひめの》の思いに応えた——でも、日常は終わらない。同居ルートに入っていた幼馴染みの真形兎和《まがたとわ》は、まだ普通に家にいる。しかもようやく自分の気持ちを自覚したという兎和は、むしろフルスロットルでイチャイチャをしかけてきて——。

FBファミ通文庫

あなたのことならなんでも知ってる私が彼女になるべきだよね

著者／藍月要
イラスト／Aちき

その恋心はすべてダダもれ!?

全国模試1位かつ凄腕プログラマー。人間嫌いで誰とも喋らないで有名な久城《くじょう》紅《くれない》は、隣の席の宮代《みやしろ》空《くう》也《や》が大好きだった。初めての感情に戸惑う紅は、その高い技術で空也の情報を集めることが趣味になっていた。しかし空也は“人の感情が色で見える”という能力の持ち主で──！

ファミ通文庫

放課後の図書室でお淑やかな彼女の譲れないラブコメ

著者／九曜
イラスト／フライ

義姉×先輩の仁義なきラブコメ！

事故で母を亡くし天涯孤独《てんがいこどく》になった十七歳の少年真壁静流《まかべしずる》。そんな彼の元に父親と名乗る人物から「私の娘と三人で一緒に暮らさないか？」と提案され、一ヶ月だけ一緒に住むことに決める。そして数日後、静流を出迎えたのは、同じ高校に通う蓮見紫苑《はすみしおん》だった!!

ファミ通文庫